講談社文庫

小説

アルキメデスの大戦

佐野 晶｜原作 三田紀房

講談社

登場人物紹介

櫂《かい》直《ただし》　海軍省経理局特別会計監査課課長　海軍主計少佐

櫂《かい》晃《あきら》　直の父　税務署職員

山本《やまもと》五十六《いそろく》　第一航空戦隊司令官　海軍少将

永野《ながの》修身《おさみ》　横須賀鎮守府司令長官　海軍中将

藤岡《ふじおか》喜男《よしお》　艦政本部基本設計主任　海軍造船少将

田中《たなか》正二郎《しょうじろう》　櫂少佐付き　海軍少尉

大角《おおすみ》岑生《みねお》　海軍大臣

嶋田《しまだ》繁太郎《しげたろう》　軍令部第一部長　海軍少将

平山《ひらやま》忠道《ただみち》　海軍技術研究所所長　海軍造船中将

高任《たかとう》久仁彦《くにひこ》　海軍軍令部　海軍中尉

尾崎《おざき》留吉《とめきち》　尾崎財閥会長

尾崎《おざき》鏡子《きょうこ》　留吉の娘　東京府立第三高等女学校五年生

大里《おおさと》清《きよし》　大里造船社長

一九一六年　夏
あと一〇四四八日

強い陽差しが照りつける午後のこと。

白茶けた砂利道を、黒い半ズボンに麦わら帽子の少年が父親に手を引かれながら歩いていた。少年はまだ五歳だというのにいかにも利発そうな風貌で、道ですれ違う大人と目が合うと強い視線で見返してみせた。父はそんな早熟な息子のことが誇らしく、息子の将来の姿を想像しない日はないほどだった。なぜ自分のような絵に描いたような平凡な男が、これほどの息子を授かったのだろうか。幼さの中に早くも俊才の片鱗が漂う息子の横顔を見ながら、父は小首を傾げた。

「あっ！」

少年は目を輝かせて顔をあげ、父の手を離すと一目散にかけていった。父は柔和に頷《うなず》くと、息子の背中を優しく見守った。

「お父さん、電柱を測ってもいいですか？」

数メートル先の木の電柱に触れながら、少年は父に叫んだ。

「ああ、測ってみなさい」

すぐに少年はズボンのポケットから布製の巻き尺を取り出した。母がかつて裁縫用に使っていたものをもらったのだ。少年はそれを始終持ち歩いているものだから、所々ほつれ、数字が消えかかっている箇所もあった。

少年は慣れた手つきで巻き尺を広げると、すぐさま電柱に巻き付けた。

「55・5サンチ！」

少年は逆のポケットから小さな手帳と鉛筆を取り出し、〝でんちゅうのしゅうい55・5㎝〟と書きつけて、ぱっと明るい笑顔を見せた。

「お父さん、この電柱の高さはどれくらいですか？」

父は頷いて答える。

「おおよそ8メートルだろう」

すると少年は即座に計算を始めた。〝55.5÷3.14≒17.7〟、さらに半径を8・8センチと求め、それを二乗してさらに3・14をかけ、そこに800センチをかける。

「すると電柱の体積は……」

すぐに解を導き出した様子だったが、少年は口を噤《つぐ》んで電柱をしげしげと見上げた。

「この電柱は先が細くなっています」

思わず父は嬉しくなって顔を綻ばせた。

「よく気付いたね。確かにそうだ」

「底辺の面積を出して、それに高さをかけるという方法では、この電柱の正確な体積は求められません」

「そう、この電柱は円錐台《えんすいだい》という形をしている。円錐台の体積を求める数式はちゃんとあるのだよ」

少年は口角を上げたが、電柱をまじまじと見つめながら再び顔を曇らせた。

「でもこの電柱の表面は滑らかではありません。枝を切ったあとや、ところどころ節があります」

「そうだね。それに電柱は地中に2メートルほど埋まっている。だから底辺の面積は正確には測れない」

いつしか少年は小さな顎《あご》に手をあてて思案に耽《ふけ》っていた。


少年と父はよく一緒に散歩に出かけた。それは目についたあらゆるものを測っていく〝計測の旅〟だった。

始まりは古びたゴム製の大きなボールだ。

少年は父からその遊具を与えられると、庭に遊びに出る代わりに、どこからか母が使い古した巻き尺を持って来てボールの円周を測り始めた。

父は驚きのあまり目を見開きながら、古びた本を引っ張り出し、息子に「円周率」を教えてやった。そこから球体の体積を求めることができることも。

「お父さん、すごく面白いですね！」

ボールを抱きかかえながら無邪気に喜んだ少年は、即座に父の説明を理解すると、さっそく家中のものを測り始めた。すぐにそれは家の中だけでは収まらなくなり、〝計測の旅〟に出るようになったのだ。少年は何にでも熱心に巻き尺を当てては、手帳に数字を書き込んだ。線路、建物、汽車など大きすぎて巻き尺を当てられないものは、自分の歩幅を基準にして歩数によっておおよその長さを求めた。

「この建物の設計図はありますか？」

ある時古びた煉瓦《れんが》の建物の前に立ち、少年は父に尋ねた。父は微笑《ほほえ》みながらも、どこか不思議に思った。なぜそれほどまでして、正確な寸法や体積を求めたいのだろう。少年は手帳のページを繰りながら数字を見つめ、しばしばうっとりとした表情を浮かべたり、細い肩を震わせて感じ入ることがあった。

「電柱を抜いちゃだめですか？」

電柱をしばらく見上げていた少年は、考え抜いたあげく父にそう言った。

「ははは、それはだめだ。この電線でたくさんの家に電気を運んでいるんだよ。抜いてしまったらみんなが迷惑するだろう」

「でも、おじいさまにお願いすればできるのではありませんか？」

少年の祖父は富裕な実業家だった。台湾で事業を成功させて帰国してから、半ば趣味もかねて花木の栽培に尽力していた。思慮深く聡明な孫を心から可愛がり、時には甘く様々なものを買い与えた。

「おじいさまにお願いする？　我《わ》が儘《まま》を言ってはいけないよ。なんでも自分の思い通りになると思ってはだめだ」

少年は反抗的に父を睨《にら》むと眉間に皺《しわ》を寄せた。

「おじいさまにお願いしてみます」

「だめだ」

「僕がお願いするからもういいです……！」

少年がぷいと横を向き意地を張ったので父は首を竦《すく》めた。

「たとえ電柱が手に入ったとしても、正確な体積は求められないだろう？　自然物である木は純粋な円錐台ではないからね。節があるし、表面はでこぼこしている……なあ、いいかい。複雑な構造物の体積を正確に測る方法はないかな？　考えてみなさい」

少年の透き通るような目が輝き、表情は冴《さ》え渡っていった。

その日家に戻ってから、少年は居間の畳に座り込んだまま一人夢中になって複雑な構造物の体積を求める方法を考え続けていた。

父はひとつだけ手がかりを与えた。

「まずは、お母さんが大事にしているネックレスの体積を求めることから考えてみなさい。ネックレスにはところどころ細工が施されて、複雑な形をしているから、辺を測ることはできない。大切なものだから壊して変形させることもできないよ。あの形のまま体積を求めてみなさい」

少年は母から複雑な曲面に加工された銀製のネックレスを借りると、手で重さを確かめるように何度か上下させた。

ネックレスを持って再び考え込む少年の姿を、父は愛《いと》おしく見つめた。

「湯に行こう」

父は息子に声をかけた。夕暮れ時になり部屋には西日が差し込んでいる。

だが少年はなおもネックレスを手にしたまま、畳の上から動かなかった。もうそこに座り込んでから二時間はたっている。

「気分転換は必要だ。少し忘れてゆっくり風呂に入るんだ」

はっと我に返ったように少年は頷くと、ゆっくり立ち上がった。

「ネックレスは家に置いていきなさい」

「はい」

風呂屋は家のすぐ近くにあった。道すがら近所の親子とすれ違い父が挨拶を交わしていても、少年は見向きもしないで考えに耽っていた。少年はひとたび考え出すと、それに取り憑《とつ》かれたように周囲が見えなくなってしまうことがあった。

風呂場の番台に小銭を置くと、二人は脱衣所の隅で服を脱ぎ始めた。いつもと変わらないゆったりとした夕暮れの空気が、湯気の立ち込めた風呂場に満ちている。

父と少年が体を流しているときのことだった。

少年は大柄な男が豪快に風呂に入るのを目にした。浴槽の縁《ふち》から湯がたっぷりと溢《あふ》れ、音を立てて排水溝へ流れ出ていく。

「ああ……！」

何の変哲もないその光景に少年は目を見開き、風呂桶を放り出して立ち上がった。

「お父さん、分かった……！」

周囲の客たちが驚いて少年と父の方を向いた。

「水です！　水をいっぱいに入れた器にネックレスを沈めればいいんです。溢れた水を測れば、それがネックレスの体積になります！」

父は秘《ひそ》かに胸を熱くしながら、息子の濡れた頭をなでて囁《ささや》いた。

「ヘウレーカ……！」

王冠の体積を測るよう求められた古代ギリシャの数学者アルキメデスは、何日も悩み続けた末、入浴中に風呂から溢れ出る湯を見てその方法を思いついた。アルキメデスは裸のまま外に飛び出して「ヘウレーカ！（分かった！）」と叫んだという。父はある本から知ったその言葉を、来《きた》るべき時が来たら息子にかけてやろうと温めていた。

やはりこの子は数学の天才になるかもしれない。興奮して風呂場から脱衣所に走り出ていった息子の姿を追いながら、父はその思いを深くした。

一九三三年　初夏
あと四三四三日

母なる艦艇――広大な甲板と格納庫をもち、航空機の海洋上の基地となる軍艦を航空母艦（空母）という。後に、航空戦に欠かせない重要な海上拠点として艦隊の中心的存在になった空母だったが、まだ開発が始まっておよそ十年しかたっていなかった。

一九二一～二二年のワシントン会議では、次第に熱を帯びてきた日米英仏伊五ヵ国間の建艦競争をこれ以上加速させないため、軍拡を抑制する名目で海軍軍縮条約が結ばれた。この条約は軍事力で列強に迫ろうとする日本に厳しい事態を招いた。日本の主力艦保有数は米英の六割未満しか認められなかったのだ。軍縮とは名ばかりで、米英の戦力の優位性を保つための計略に日本は嵌《は》められた。

そこで日本は空母に目を向けた。軍縮条約は主力艦の国別建造数を厳しく制限してはいたが、こと空母に関してはそれほど厳格な規制を設けていなかったからである。空母なら造れるのだ。世界の列強たちの間でも、空母の建造はまだやっと始まったばかりで、その戦力も未知数だった。

一度は巡洋戦艦として完成させた「赤城《あかぎ》」の船体を無理矢理空母に造り替えたのも、その条約の規制からのがれて軍備を増強するためである。締結された軍縮条約に則《のっと》れば、「長門《ながと》」型戦艦と同じ41サンチ連装砲5基を搭載し、防御力を削ることで速力を巡洋艦並みに高めた「天城《あまぎ》」型巡洋戦艦の二番艦である赤城は廃艦処分をまぬがれない。だが空母に形を変えればその限りではなかった。

赤城はその生い立ちと同じように、奇妙な風貌をしていた。航空機が離着陸するための飛行甲板が上中下段と三層に重なり合った珍しい空母だ。

世界で初めて当初から航空母艦として建造された「鳳翔《ほうしよう》」を持つ日本海軍であったが、空母の実戦的運用は未だ暗中模索の段階であり、赤城の空母改装も困難を極めた。日進月歩で発展する航空機ではあったが、日本海軍内では砲熕《ほうこう》（大砲）への信奉が根強く、ワシントン海軍軍縮条約上限の20サンチ砲10門、重巡洋艦と同等の搭載が決定されていた。雛壇式に三段の飛行甲板と航空機格納庫を設け、最上部は発着艦兼用、中部は小型機発艦用、下部は大型機発艦用とする計画とされた。日本と同じ空母先進国の英国海軍の空母フューリアスも二段式であり、昇降機を用いずとも格納庫から直接、艦載機を発艦させる多段式は利点多き設計と見られていた。その後、艤装中に羅針艦橋について再検討が行われた結果、中部飛行甲板は閉鎖され、その中央部に羅針艦橋、左右両舷に20サンチ連装砲2基が並置され、改めて砲塔甲板と称された。この様にして困難の末、竣工した赤城だったが、航空機の発展に伴い、多段式の利点は急速に失われ、時代に沿わないものとなっていた。艦上機の高性能化に従い発着艦速度が次第に高速となり、長大な飛行甲板が必要不可欠となったためである。

＊

久方ぶりに空母赤城に乗り込んだ山本五十六《やまもといそろく》は、冷静な面持ちでこの日を迎えていた。今日ここで初の国産戦闘機である九〇式艦上戦闘機《きゅうまる》の発着訓練が始まるのだ。五年前に赤城の艦長に任命された山本だったが、その翌年には海軍少将に昇進しロンドン軍縮会議に随行するため赤城を離れていた。

元赤城艦長であり現第一航空戦隊司令官の山本の座乗に艦橋は沸いている。

口元を引き締めた山本は、雲ひとつない晴天を見上げたのち、目の前の美しい飛行機をじっと見据えた。エンジンが低く唸《うな》り、甲板は小刻みに振動しているようだ。

先頭機の機体前方についた大きなプロペラが回転し始めた。

機体が風をはらむと、轟音とともに最初の一機が飛行甲板を疾走する。

「おおっ……！」

皆が固唾《かたず》を飲んで見守るなか甲板の縁から飛び立った飛行機は、一瞬機体が沈み込み見えなくなったが、すぐに空の上方に向かって真っ直ぐに進んでいった。

二機、三機とこれに続いていく。

「司令官！　全機、無事発艦いたしました！」

飛行長が声を張って高らかに成功を告げた。

山本は「うむ」と低くうなずいただけで表情は緩めなかったが、艦橋に参集していた他の海軍参謀たちはすでに興奮の坩堝《るつぼ》にいた。

「海と空！　帝国海軍、正に洋上を制す！」

「いやあ爽快、爽快！」

「帝国海軍ここにあり！」

顔を紅潮させながら口々に叫ぶ参謀たちから目を背けると、山本は黙って艦橋から去ろうとした。

「最新大型戦艦の建造計画も進んでおるようですし、帝国海軍ますます精強となること喜ばしいかぎりです」

背後から部下の上ずった声がしたので山本は足を止めた。

「大型戦艦？　そんなものはいらぬ。もっと航空母艦が欲しい」

振り返りもせず山本は言った。

「は？」

やけに間の抜けた返事をするものだ。山本は苛立《いらだ》ち苦笑した。

「図体の大きな戦艦はこれからの戦いには不要だ。必要なのは空母と、艦載機と搭乗員、そして空母を守る高速の護衛艦だ」

参謀は海洋の戦いを制するには、敵国より少しでも大きな戦艦を造ることだと疑っていない様子で、山本の言葉が信じられず身じろぎもしない。この参謀だけではない。今日の飛行訓練を見るまでもなく、昨今の航空機の技術革新は目覚ましいものがあったが、日本海軍内には依然として大艦巨砲主義が蔓延していた。

山本は誰にともなくつぶやいた。

「大型戦艦を造る金があるのなら、空母と航空兵力の充実に回してもらいたいものだ」

そう言い置くと司令官室へと歩み去った。

波もなく穏やかな午後だった。

空母赤城は横須賀《よこすか》の軍港に停泊していた。

司令官室では山本が一人机に向かって黙考していた。思い返されるのは三年前、日本海軍の次席随員として参加したロンドン軍縮会議のことだった。

この軍縮会議には、先の世界大戦の勝者である戦勝国五ヵ国が参加し、ワシントン軍縮条約では規制がなかった各国の補助艦保有量に制限を設けるために交渉が進められた。

許容される補助艦の保有量を少なくとも英米の七割に留《とど》めたかった日本海軍だったが、折からの不況により政府としては軍縮の名目で軍事費を抑えたいという思惑も働き、結局、対英米協調路線を掲げて対英米の六・九七五割で妥結することになった。

山本はその時味わった挫折の苦みを思い出していた。日本国を背負って出席した軍縮会議で英米相手に譲歩せざるをえなかったことを悔いたが、それでもその気概と熱意にほだされたのか、かえって山本の主張に賛同する海軍将官は増えていった。

これからの軍事力の要《かなめ》は航空戦力である――ロンドン軍縮会議からの帰路につきながら、山本はその確信を強めていた。航空機は軍縮の対象ではないから無制限に製造できた。ならば日本海軍は今から戦艦ではなく発展著しい航空機の製造に傾注すべきだ。ロンドン軍縮条約は一九三六年に無効になる。無効になれば列強各国がいよいよ本格的な軍艦建造競争に突入することは避けられなかった。その時に備え航空兵力の増強に注力すべきという山本の信念とは裏腹に、海軍内部には英米が保有する大型戦艦に匹敵する超大型国産戦艦の建造に大きな期待を寄せる者が多かった。大口径の主砲を持った大型戦艦どうしがぶつかり合う艦隊決戦を制したものが全戦いを制するという大艦巨砲主義が支配的だったからだ。

司令官室のドアがノックされた。

「入れ」

「失礼します」

艦政本部基本設計主任・藤岡喜男《ふじおかよしお》の自信にあふれた声が聞こえた。藤岡は抱えて来た箱を応接用テーブルに静かに置く。

「おお……できたか」

「一刻も早くご覧に入れたく参りました」

藤岡が頷きそっと箱のふたを取ると、中から60センチメートルほどの空母の模型が姿を現した。

山本はハッと息を止めて興奮を抑えながら、そっと模型に手を伸ばした。模型を様々な角度から眺め、精巧な装備の一つ一つに丹念に見入り、ついに感嘆の声を漏らした。

「いいじゃないか！　対空兵装も充実している」

その模型は赤城の不満点を解消したものといえた。最大の改良点は単一の長大な飛行甲板と、その右舷に設けられた島型艦橋であった。これまで飛行甲板下の低い位置に設けられていた艦橋を見晴らしの良い飛行甲板上に移したことで操艦性が大幅に向上すると共に、敵捜索の面でも俄然、有利となった。巨大な飛行甲板は、これから登場するであろう最新鋭機にも対応可能で長期間、高い戦力を維持できる。荒天時や夜間の艦載機発着艦が不可能な際、高速で接近する敵巡洋艦・駆逐艦に対処する20サンチ連装砲3基を備え、12・7サンチ連装高角砲8基、25ミリ3連装機銃12基は日本海軍最良の対空火力となっていた。

模型に将来性を感じた山本は藤岡に頷いてみせた。

「山本少将のご希望に沿う新しい航空母艦であると自任しております」

「ありがとう、藤岡君。海軍設計部に君のような理解者がいてくれて心強い」

山本より四歳若い藤岡は熱心な艦艇設計者だった。この上官の言葉に真面目に耳を傾ける技術者に、山本は理想の海軍像について度々語って聞かせた。これから訪れる軍拡の時代を説き、近い将来に日本海軍が直面することになる様々な試練をどう超越するかを考えさせ、それに対する藤岡なりの回答を新しい空母の設計に込めるように命じたのだ。

新型戦艦建造計画会議はもうすぐだった。

空母の模型を箱に置いた山本は、椅子に座り直して深く息を吐いた。

「日本国が国際連盟を脱退した今、陸軍はますます暴走していくだろうな」

昨年、陸軍の一部である関東軍は中華民国東北部を半ば独断で占拠し、清朝最後の皇帝愛新覚羅《あいしんかくら》溥儀《ふぎ》を元首とする満州国の建国を宣言した。英米が主導する国際連盟はこれを認めず、他の列強からも非難が高まる中、ついに一九三三年三月、日本は国際連盟を脱退し世界から孤立していくことになった。

山本は再び深くため息をつくと言葉を継いだ。

「このまま陸軍が暴走すれば……本当に米英との戦争も起こりうる。仮想敵国ではすまなくなるということだ」

藤岡は目を何度も瞬《しばた》いた。

「今、なんと……？」

日米開戦などという恐ろしい事態に発展することが本当にありえるのだろうか。

艦船の設計者である藤岡は、米英の戦力を熟知しているゆえ、開戦が何を意味するかをも理解していた。

瞬時に緊張が走った藤岡の表情に山本は苦笑する。

「そう心配するな、万に一つの話だ。だが、もしもの時のために確実に必要なものに予算を割いておきたい。今予算を割くべきは大型戦艦ではないということだ」

「でも会議ではきっと大型戦艦建造計画が強く推されるでしょう」

「平山《ひらやま》造船中将の計画案のことか」

「はい……」

新型戦艦建造計画会議では、藤岡の空母計画案と、海軍技術研究所所長の平山忠《ただ》道《みち》造船中将による計画案の一騎打ちになると見られていた。

「向こうの後ろ楯は、しまはんってことだな」

しまはんこと嶋田《しまだ》繁太郎《しげたろう》海軍少将は海軍の作戦指揮を統括する軍令部第一部長であり、山本とは海軍兵学校の同期だった。

「会議の出席者は他に……」

「大角岑生《おおすみみねお》海軍大臣と永野修身《ながのおさみ》横須賀鎮守府司令長官です」

会議の最終決定権を持つ大角大臣は軍令部に近く、嶋田と気脈を通じている可能性が高かった。

「ならば、こちらは永野長官に君の案を強く推挙してもらうように、私から話しておく」

「それは心強い……！」

山本が藤岡の目をのぞきこむと瞳に光が差していた。

「この会議の結果に帝国海軍の命運がかかっている。是が非でも勝ち取ろう」

「わが海軍がこの空母案をきっかけに航空兵力に注力していくことを願います」

声を張る藤岡の頬が上気して赤らんでいく。

＊

東京霞《かすみ》が関《せき》の海軍省。

これからいよいよ新型戦艦建造計画会議が開かれようとしていた。

会議に先立って落ち着かない藤岡が永野修身長官を訪ね、共に会議室へと通じる長い廊下を歩いていった。

「話は聞いているよ」

永野は低い声で藤岡に囁いた。

「お力添えをよろしくお願いいたします」

「ああ、嶋田ごときの好きにはさせんよ」

永野は山本と同じく軍から派遣されて米国の大学で学び、海軍兵学校長時には古い軍隊教育を積極的に見直し、かわって自主性や創造性を重視する教育方針を掲げた。

永野に続いて藤岡が会議室に入ると、すでに平山忠道と平山案を支持する嶋田繁太郎が並んでソファに座っていた。

形式的な挨拶を済ませてから永野と藤岡が席に着く。

禿《は》げ上がった頭に細い目をしたカマキリのような顔つきの平山は、メガネの奥の冷たい目で藤岡を睨むように見た。海軍の技術畑の重鎮として戦艦派を牽引《けんいん》する平山は、留学先の英国グリニッジ王立海軍大学造船科で学んだ造船技術を日本へ持ち帰り、独自設計の高性能軍艦設計で世界的な評価を得ていた。ワシントン海軍軍縮条約で水泡に帰した八八《はちはち》艦隊計画（戦艦8隻、巡洋戦艦8隻の整備計画）の基本計画を担当しており、戦艦長門や、空母に改装される以前の巡洋戦艦赤城は、彼の作品とも言えた。本来なら平賀設計の戦艦、巡洋戦艦群が日本海軍の中核として威容を誇る筈であったのだが、軍縮の結果、彼の娘達は未成に終わったのだ。今回の新型戦艦建造計画会議の場は、ある意味、八八艦隊で無念の涙を流した意趣晴らしといえた。

藤岡はそんな平山の視線に耐えかねて視線を入り口の扉の方へ逸らすと、そこに大角大臣と山本五十六が揃って現れた。

「では始めるとしよう」

テーブルを挟んで大角、嶋田、平山が並んで座り、その向かいに永野、山本、藤岡が座っている。主張が分かれる者らが向かい合った形だ。

まず藤岡が空母の模型を披露すると、すぐさま大角が口を尖《とが》らせた。

「なんだこれは？　今回は老朽化した『金剛《こんごう》』に代わる戦艦を新造しようという会議のはずだがわかっているか？」

改修を重ねながら長きにわたって使われてきた金剛は、日本が誇る大型主力艦の一つだった。

「戦艦だぞ。空母を持ってくるなんて、何を考えているんだ、藤岡！」

藤岡の頭の中にはなぜ今空母の建造を推進すべきかを説明するための材料が整っていたはずだったが、大臣の大角に頭ごなしに叱責されては、赤らんだ顔を隠すために俯《うつむ》くのが精一杯だった。山本が静かに口を開いた。

「これまで何度も私が主張してきたことだが、これからの戦いは必ずや航空機が主力となる」

「また山本お得意の航空主兵論か！　だが飛行機からの攻撃が有効とは一度も証明されていないではないか」

嶋田の皮肉を山本は黙って受け流した。たしかに今のところ航空機が主力艦を撃沈してみせたことはない。だが近い将来、必ず変わってくる。山本は保守的な嶋田を冷たく見返した。

「なんだその目つきは！」

「まあまあ、とにかく」

大角が二人を落ち着かせるように口を挟むと、改めて空母の模型をじっと見てぼやいた。

「ただ金剛の代わりが空母というのはなあ」

巨大な砲塔を持ち、勇壮な城にも似た戦艦こそ日本海軍の粋《すい》であると考える大角の目には、長大な飛行甲板から一見、無防備にも見える空母は、頼りない艦にしか映らないのだろう。

「大角大臣」

永野が、腹の底から響くような声で言った。

「ここは一つ、未来に目を向けていただきたい。これからの戦いの在り方を考え、将来の運用を見据えるならば、答えは一目瞭然。空母の方が圧倒的に理に適《かな》っている」

「なにをおっしゃいますか！」

嶋田が喚《わめ》くように制して続けた。

「わが海軍が新たに艦を建造するとなれば、日本国の象徴となるような立派な戦艦を造ることがもっとも重要なことです。英米の奴らには決して真似できぬような、優雅にして端麗な巨大戦艦を完成させることが最重要課題ではないでしょうか！

わが海軍の威を示す艦を建造することこそ我々の使命といっても過言ではないかと」

「優雅だの端麗だのとたわごとを。そんなものは実戦でなんの役にも立たない。巨額の資金を投入して、役に立たないものを造るなんてことは断じて反対だ！」

山本は大きく首を横に振ると、立ち上がって続けた。

「大臣！　将来の戦争では必ずや空母こそが戦いの主力になるのです。今はその備えをすべき時なのです！」

「バカを言うな！　海戦とはすなわち砲撃戦だということは、そこらの小僧でも知っている。これは日露戦争以来、帝国海軍の伝統だ。大海戦で歴史的大勝を挙げているんだぞ。なにが空母だ！」

嶋田は一歩も譲る気がないとばかりに山本に血走った目を剝《む》いた。

日露戦争における日本海海戦の勝利は、大日本帝国海軍内で繰り返し語り継がれてきた。世界の列強から怖れられていたバルチック艦隊を、軍事力で見劣りする日本海軍が見事撃破し、極東の小さな新興国が大帝国ロシアを打ち負かしたのだから。それ以来、日本近海で地の利を活かしながら、長駆疲弊した敵艦隊を迎え撃つ戦法こそ、日本海軍の必勝法であると誰もが信じて疑わなかった。艦隊決戦で勝利するためには、より強い戦艦が要るのは自明なことであり、なぜ巨大戦艦の建造を否定する者がいるのか嶋田には理解ができなかった。

「いや、もう大砲を撃ち合う時代じゃなくなっていると思うがね。戦艦など造る金があるなら、空母と航空機を充実させるべきであろう……」

「それは卑怯《ひきょう》ではないか！」

嶋田が忌々《いまいま》しげに山本を睨みつけた。

「しまはん、卑怯とは一体なんだ？」

「姑息だということだ。空からの攻撃など卑怯者のすること！　誇りある雄々しき帝国海軍のやり方ではない！　艦隊決戦こそがわが本懐ではないか。それを忘れたのか、山本？」

嶋田は今度は山本を憐《あわ》れむような目で見返しながら続ける。

「そもそも飛行機の攻撃では戦艦は沈まない。それにあんなペラペラな布でできた航空機なんぞ、何百と発進させても、すべて簡単に撃ち落とされてしまうわ！」

最新の九〇式艦上戦闘機でさえ、金属の骨組みに帆布張りだった。二枚翼の複葉機であり、英米が完成させた全金属製の単葉機と比較すると明らかに性能が劣っている。一日も早く英米並みの単葉国産機を造ることが急務であり、そこへ研究費を投下するよう山本は日頃から強く主張していたのだった。

「しまはん、古いな。あと五年もすれば戦いのやり方は一変するぞ。どうしても戦艦どうしの砲撃戦がやりたいなら、旧来のものでやってもらえないかね？　今から新しい戦艦を造るなんざ懐古趣味も甚《はなは》だしい」

「貴様！　海軍におりながら戦艦を侮辱《ぶじょく》するとはなにごとか！　恥を知れ！　大体、お前は兵学校のころからいけすかない……」

そのとき一言も喋《しゃべ》らず座っていた平山が手をすっと上げた。

「少しいいですかな？　私も新しい戦艦の計画案を一つ持参しているのでご覧ください ますか」

いきり立った嶋田が渋々ソファに腰を落としたのを見て、平山が手をパンと打ち鳴らすと、すぐさま造船部の技師二人が巨大な模型を慎重に抱えて部屋に入ってきた。

次の瞬間、全員がはっと息を呑《の》んだ。全長2メートルほどあろうかという巨大戦艦模型の勇壮な姿を前に、誰も言葉を発しない。場の空気が一変したのを誰もが感じ取りながら、ただ模型に目が釘付けになった。

その戦艦模型は型破りな三連装主砲塔を持つことも特徴的だったが、何より戦艦長門譲りの滑らかなカーブを描く艦首から、わずかに傾斜のかかった艦尾へと至る曲線は目を見張るほど優美だった。

山本は動揺を隠せなかった。目の前の模型の美しさに自分までもが魅入られていることに気付いていたからだ。

テーブルの上に置かれた模型を上からしげしげと眺めていた大角は、ついに矢も楯もたまらず「おおっ!」と感嘆の声を漏らした。嶋田もこの模型を初めて目にするようで、紅潮した顔に歓喜の笑みを湛《たた》えている。平山は薄く口元に笑みを浮かべながら、満足げに皆の様子を眺めているだけで何も言わない。

藤岡の心に急激に悔しさが募り、血が逆流するようだった。この光景を前にして、平山の演出の巧みさを藤岡も認めざるをえなかった。会議が始まれば山本と嶋田が対立し、お互い主張を曲げずにいずれは会議が紛糾することを予《あらかじ》め読んでいたのだろう。議論が停滞した頃合いを見て戦艦模型を運び込む——すべて平山は計算していたのだ。情熱だけでは会議で勝てない。議論の流れを予想し冷徹に戦略をたてる平山という策士に、藤岡は今更ながら畏怖の念を感じた。

しかし、と藤岡は嘆息する。

なんと美しいのだ。

山本をちらりと見ると複雑な表情を浮かべている。自分と同じように奇策に飲まれていることが見て取れた。

大角はすでに巨大な戦艦模型に夢中だった。子供のように模型の前にしゃがみ込んで、細部まで舐《な》めるように覗《のぞ》き込んでは何度も目を瞬かせた。

「こういうのだよ！　こういうのを待ってたんだよ！」

感激して震えんばかりの大角を横目で見ながら、藤岡は完敗を覚悟した。

「美しい！　やはり連合艦隊旗艦たるものは大戦艦がふさわしい！」

平山は大角にうやうやしく面を伏せて礼をした。

「帝国海軍の威厳と風格を世界に示すことを念頭に設計いたしました」

「いや、お見事！」

「お気に召していただけて光栄です」

再び平山はゆっくりと礼をすると、山本と藤岡に顔を向けた。その目には勝利を確信したような静かな炎が宿っている。

しかし山本は落ち着きを取り戻した鋭い目つきで平山を見返した。

「おお、この角度から見ると格別ですぞ」

「どれどれ」

嶋田と大角がしゃがみ込んで模型を覗き込んでいる。

「なんと美しい！　この曲線だよ。実に素晴らしい！」

「おもちゃ遊びはそれぐらいにしたらいかがかな？」

子供のようにはしゃぐ二人に向かって、永野が苛立たしげに苦言を投げた。

「失敬な！　我々は真剣に査定しておるのですぞ！」

再びいきり立った嶋田が喚くのを聞きながら、永野と山本が目を合わせると、小さく山本が頷いてから冷静な口調で語り始めた。

「艦の意匠は二の次のはず。これから建造する艦は機能優先であること。それが戦いには絶対に必要かつ唯一の要諦ではないか。その意味で藤岡の空母は最新鋭の機能を備えており、将来の戦いの形を見据えたものだ」

「何を言う、意匠は大事だ。完璧な意匠をもつこの艦のどこに欠陥があるというのだ。この美しさに兵士や国民は深い誇りを感じ、この船のもとで一つになるのだよ。軍拡競争において列強がしのぎを削る中、我が国は世界一の巨大戦艦を造る技術と知恵がある。なんと誇らしいことか。私は平山案を推す」

「なぜそれほど端麗にこだわる。形が美しいからといって戦いに勝てるわけではない！」

「醜いものに誇りは宿らぬからだ」

再び山本と嶋田の言い合いが始まり会議は紛糾しかけたが、模型とともに届けられた資料を黙読していた大角が「おお？」と声を上げた。藤岡案の資料とそれを交互に見比べながら、にやりと笑い唸り声を上げる。

「平山案に比べて藤岡案は随分と値が張るねぇ」

慌てて藤岡は平山の資料を検分し、そこに記された数字を見て首をひねった。

「私の案より安い？」

藤岡の空母の建造費の見積もり金額は九三〇〇万円。一方の平山の戦艦の見積もり金額は八九〇〇万円だった（現在の金額に直せば藤岡案は約一七〇〇億円、平山案は一六〇〇億円となる)。

平山案の戦艦は空母よりも全幅は倍近くあり、三連装砲塔など重装備である。おそらく排水量は倍では済まないだろう。平山案の建造費の見積もりが藤岡案を下回ることなどどうしてあり得るだろうか。

藤岡が疑念をもった目で平山を見ると、視線を受け止めた平山の口元に僅かな冷笑が浮かんだ。平山は意図的に不当な見積もりを出して皆を欺いているのではないか——。

「大蔵省に予算を要求する役回りの私としては、正直高い金額では困る。国家財政が厳しいのは、みなも承知の通りだからな」

大角が言うと嶋田が、「建造費の差は決定打ですねえ」とすかさず応じる。

恐る恐る藤岡が山本の方を向くと山本は額に青筋を立てていた。

「藤岡案が高いのではない。平山案が安すぎるのだ。この巨大戦艦が空母よりも安いなどということは断じておかしい！」

「これは心外。見積もりに関しては様々な智恵と工夫を凝らして算出しているのです」

平山が顔色ひとつ変えずに抗弁すると、藤岡が怒りに震えて立ち上がった。

「そんなはずはありません！　標準価格に照らしても、およそ半分の金額でしか見積もっていない。この巨大な戦艦が九〇〇〇万円を切る建造費で造れるわけがない」

平山がぎろりと睨み返した。

「相場というものは時々によって動く。この案を作成するにあたり極限まで資材費等を抑えられないかと昼夜熟考した。そこまでして初めて算出できた価格。血の出るような努力をして、少しでも国のために予算の軽減に努めるのが我々の責務ではないのかね？」

その努力じたいは誤りではないが、平山の詭弁を鵜呑《うの》みにするわけには到底いかなかった。

「相場が変動する？　馬鹿なことをおっしゃらないでください。現在の相場で見積もりを出さないでどうするんです！　将来は資材価格が下がるだろうなんて、そんな見積もりはあり得ない。その時に今より上がったらどうするんです。実際に建造してみたら当初の予算の倍かかった、では済みませんよ！」

あまりの藤岡の激昂ぶりに場が水を打ったように静まり返ったが、ただ一人平山だけが平然として顔色一つ変えない。

「……建造費のことはこの場で解決するのは難しいな。持ち帰って再検討してもらえないか？」

沈黙を破るように大角が言うと、平山がうやうやしく黙礼して応じたので、藤岡も不満ながら頷くしかない。

結局、二週間後に決定会議が開かれることになり、その場は解散となった。

＊

山本はいっさい酒を飲まない。屈強なその風貌に反して身体《からだ》が全く酒を受け付けず、一口飲めばたちまち正体をなくしてしまう。だから酒席であっても山本の徳利《とっくり》にはいつも茶が入っていた。水だと誤って酒を口にしてしまう恐れがあるので、色の着いた茶を注《つ》いでおくのだ。

東京の築地《つきじ》の料亭。

山本の前には沈んだ顔の藤岡と永野がいた。二人は酒好きだったが、今日はあまり酒が進まない。特に藤岡は焦点の定まらない目を曇らせて、ため息ばかりついている。

「しかし嶋田と平山は……今回の新型戦艦建造を絶対に取るとの並々ならぬ決意がうかがえましたな」

「これは一大決戦になる。我々も腹を括《くく》って臨む」

永野は深くうなずいてから下を向く藤岡に顔を向けた。

「見積もりの再計算はどうだった。なんとかうちの案をもう少し安くできないか？」

「これ以上は無理です。不正操作だけはご容赦ください。設計技術者としての信義に反します」

藤岡は頭を下げたまま小さく首を振る。山本はそんな藤岡の姿がなんともやるせなく思わず目を逸らしたが、永野は逆に苛立ちを隠さずに手荒く猪口《ちよこ》を座卓に置いた。

「つまらん正義感など捨てろと言っただろ！　どんな手を使ってでも勝たなくては

ならんのだ。嶋田や平山の好きにさせるわけにはいかん。藤岡、帝国海軍の未来より、ちっぽけな貴様のメンツが大事か！」

怒鳴り付けられても藤岡は項垂《うなだ》れて首を振るばかりだったので、山本が場をとりなそうと口を開いた瞬間、あっと小さく叫んでしばし身を固くした。そして徐々に大きく目を見開き、

「いや……こうしてはいかがでしょう？　我々の手で平山案の見積もりを計算し、それが虚偽に塗り固められた数字であることを暴いてやるのです……！　どう見てもあの金額は安すぎる。彼奴《きやっ》らは必ずや不正をしているはず」

山本がそう言うと永野は目を輝かせた。

「おおっ、それはいいな！」

山本の腹の底から煮えたぎるような憤懣《ふんまん》が一挙に噴出していく。

「ええ、平山の不正を暴いて糾弾してやるのです！　あの欺瞞に満ちた戦艦計画を我々の手で徹底的に暴いてやりましょう。あのような杜撰《ずさん》な計画案を平然と提出するのは会議を侮辱する行為です。それは正に国家国民への背信に他ならず……つまりは陛下への反逆である！」

山本はそこまで早口に捲《まく》し立てると自分を落ち着けるために茶をすすった。姑息な平山案を真っ向から論破してみせるしか撤回させる手段はないだろう。

「正確な数字を明示しながら疑惑を追及すれば、大角大臣も平山案を拒否せざるをえなくなるな。よし、それだよ」

永野は腕組みしながら山本を促す。

「藤岡、できるよな？」

「は？」

「君も造船少将だ。平山案の正しい見積もりをはじき出すなんざ、朝飯前ではないのか？」

しかし正直者の藤岡は困惑しきった表情で震えるように首を振る。

「それはあいにく無理です。あの戦艦の見積もりを出すには、詳細な設計図だけではなく各装備品の価格表が必要です。しかし平山はそれらの資料を軍の機密と言い張って、決して明かさないでしょう。もっと言えば、あの船はあまりに巨大ですから既存の造船工廠《こうしょう》では建造できない恐れもあり、そこから新造するとなれば、さらに費用は跳ね上がると思いますが……」

「言い訳がましい！」

頭に血が上った永野が喚いたが、藤岡も黙っていない。

「言い訳とは違います。私が無能だからできないということではありません。日本中探したとしてもいやしない。詳しい資料もない中、平山案の見積もりを正確に弾き出せるわけがない。そんなこと不可能ですよ！」

「お前にはできないってことは分かった」

無理難題を押し付けようと永野がなおも高圧的に藤岡を睨《ね》め付けたが、侮辱された藤岡も頑として視線を外そうとしなかった。

何とかして平山案を潰す方策を考えなければならない今、内々でいがみ合っている場合ではなかった。機転を利かせた山本は障子の向こうに控えていた女将《おかみ》に声をかけた。

「ちょっと綺麗どころを何人かよこしてくれ」

「それが芸者たちが全員、お座敷がかかっておりまして」

すかさず女将が障子をあけ、眉を顰《ひそ》めて言った。遠くから三味線の音や芸者の笑い声が聞こえてくる。

「全員？　置屋にいくらでもいるだろう」

「それが……八人いっぺんになんですよ」

「そりゃ大盤振る舞いだね。どこのお大尽だい」

永野が興味津々とばかりに口を挟んだ。

「いえ、それが帝大の学生さんで」

「学生？」

山本は驚いて思わず女将に聞き返すと好奇の笑みを浮かべた。やんちゃな若者は嫌いではない。学生の身分で芸者遊びとは一体どんな奴なのか。

「ははは、面白い！　何人かぶんどって来よう」

一目顔を見てやろうと立ち上がり藤岡に目配せすると、二人はよく磨かれた廊下を音を立てて歩いて行った。

あと四三四一日

料亭の一室で艶《あで》やかな芸者二人が三味線に合わせて舞っている。

別の三人が投扇興《とうせんきょう》に夢中になっているその脇で三人の芸者が立たされて、膝を付いた若い男に巻き尺で腰回りを計測されていた。

巻き尺を当てられた芸者たちの困惑をよそに、まだ年若い青年の目は真剣そのものである。持て余すような長い手足をした若者の体軀《たいく》には三つ揃いの背広がまだ馴染んでいない。その横顔は鋭利な刃物を思い出させ、どこか浮き世離れした雰囲気を全身から放っていた。

青年は芸者たちの胴囲を測ると、手元の手帳に数値を記した。

「さあ、次は胸を測るぞ。誰から行く？」

「いやぁよ」

「やだ、お兄さんたら」

芸者が嬌声を上げる中、青年はにこりともせず一人の芸者の胸に黙って巻き尺を這《は》わせる。

「私たちの身体を測ってお着物でも作ってくださるの？」

胸囲を測られ顔を紅潮させた芸者が色っぽい声で尋ねた。

「いや、測りたいだけだ。僕は何でも測らなければ気持ちが収まらないんだ。特に美しいものは」

「あら、お上手」

手帳に芸者の胸囲を書き付けていたとき、おもむろに障子が開け放たれた。

「御免」

青年と芸者たちは呆気にとられて軍服姿の山本と藤岡を見た。突然軍人が現れては驚くのは無理もないことである。山本は小さく青年に笑みを浮かべてみせると、青年は眼光鋭く見返した。

「お楽しみのところすまない」柔和な表情を浮かべながら山本は続ける。「君が芸者を独り占めしているから困っているんだ。おや？　あちらに何人か余っているようだな。悪いが分けてもらえないかね」

冗談めかして言うと、青年はにべもなく首を振る。

「出て行ってもらえますか」

「なにを！」藤岡がカッとなって前に出た。「君、こちらは帝国海軍の山本五十六少将だぞ。言葉に気をつけたまえ！」

すると青年は藤岡を軽蔑するように薄く笑うと、その場で胡坐《あぐら》をかいた。

「なぜですか？　僕は軍人でもないし。そもそも僕は軍人ってやつが大嫌いなんですよ」

「おい君！」

藤岡がとがめるのを青年は無視し、芸者たちが投げる扇子に目を移した。

「あ〜っ」

芸者は投扇興というお座敷遊びをしていた。桐箱の台に立てられた蝶と呼ばれる的を狙って扇を投げ、その後にできた形を採点して競う遊びだが、なかなか扇を思うように飛ばすことができない。今度も桐箱の遥か手前に落下した扇を見て、皆ため息を吐《つ》いた。

扇が放たれる様子をじっと見ていた青年は、それが畳に落ちるや否《いな》や手帳に一生懸命何かを書き込んでいる。山本が背後からその手元を覗き込むと、鉛筆を動かす青年の手は片時も止まることなく、正確な時を刻むように几帳面な数字が手帳を埋めていくのが見えた。

その光景に半ば衝撃をうけながら山本は青年に尋ねた。

「なぜ君は軍人が嫌いなんだい」

「あなたたちのやっていることは美しくないからだ」

青年は右手を動かしながら手帳から顔も上げずに言った。

「何を貴様！　失敬な！」

怒声をあげる藤岡を山本は手で制して、さらに問いかける。

「ほう。美しくないとはどういうことかな」

「ご存知でしょう？　日本の国家予算に対する軍事費の割合は今や四割にも達しています。しかもその割合は年々上がっていますね。軍人と財閥が手を組んで、この国の身の丈に合わない軍備を増強し続けているからです。そのせいで一般国民は貧困にあえいでいる」

「そうか。つまり君は貧しい人々が置かれた状況に義憤を感じて……」

「違います！」青年が山本を制すると首を竦める。「そんなことに大して興味はありません。国民が可哀想だから救ってやりたいとか、僕は天下国家を案じているわけではないんです。ただあまりに数値のバランスが悪い。つまりは美しくないのです。美しくないものを僕は好きになれないと言っているだけです」

青年は再び手帳に目を落としてしばし黙考すると、扇子を手に持った芸者の前ににじり寄って、今度は畳から芸者の肘の位置までの高さを測った。

「もう少し……」

そして肘の位置をやや低く固定させると、改めて芸者の手に扇子を持たせる。

「これでさっきと同じように投げてみて」

「はい分かりました」

言われた通りに芸者が扇子を投げると、放たれた扇子は優美な円弧を描いて箱の上の蝶を見事に弾いたのち、箱の上にすとんと立った。

「まあ、すごいわ」

滅多に出ない形だった。芸者たちが手を叩きながら歓声をあげる。

「どうしてこんなことができましたの？」

「さっきからあなたが扇子を投げる姿を観察していたんだ。扇子はほぼ一定の初速で放たれていた。それなら扇子の軌跡を数式で表すことができる。あとはその数式に当てはめて、放つ位置を調整すればいいわけだ。数字は嘘をつかないからね」

そう言うと、心底嬉しそうに青年は屈託のない笑顔を見せた。

山本も奇妙な高揚感に包まれながら、ただ黙って青年の様子を見つめていると、

「おや、あなたたち、まだいたんですか」

「君！」

おどけた青年を藤岡がたしなめたが、山本は青年の目をじっと見つめた。

――この若者には何かある。

すると青年も静かに落ち着き払って、小さく咳払《せきばら》いをしてから居住まいを正す。

「じつは僕もあなたたちと同類なのです」

青年は意外なことを言って口元に苦笑いを浮かべた。

「うん？　それはどういうことだね」

「僕は尾崎《おざき》家でご令嬢の家庭教師をしていたのです」

「……尾崎というのは、あの尾崎財閥のことか？」

尾崎財閥は造船業を中心に広く日本の重工業を支えている巨大財閥で、子会社まで含めれば百二十社にも及ぶ大企業体を形成していた。会長である尾崎留吉《とめきち》の経営手腕は剛胆で、近年は経営資源を軍需産業に集中させ見事に利益をあげていた。

「はい。書生として帝大に通わせてもらっていたんですが、あることで頭の固い尾崎留吉の逆鱗《げきりん》に触れてしまい、おかげで書生も家庭教師もクビです。帝大にも通えなくなりまして。気の毒に思った教授連中が壮行会を開くと言ってくれたんですが、それも面倒なので芸者遊びを所望したというわけです」

自嘲気味に語るようでいながら青年の表情に微塵の陰もなかった。

なんと不思議な魅力をもった若者だろう。天下の尾崎財閥を相手に軽口を叩く様《さま》といい、何やら仕出かして帝大を退学になった逸話といい、山本は青年への興味をますます募《つの》らせていった。

「邪魔をして悪かった」

ここは一旦外そうと、山本はその場を切り上げて立ち上がった。

「ところで君は帝大で何を学んでいたんだ」

廊下に出る際、振り返ってそう尋ねると青年は若々しい白い歯を見せた。

「数学ですよ。純粋に数学を勉強していました」

「君、名前は」

「櫂直《かいただし》です」

櫂は尾崎留吉の一人娘鏡子《きょうこ》の家庭教師をしていた。東京府立第三高等女学校の五年生だった鏡子は幼いころから才気煥発で、とくに家庭教師などつけずともいつも好成績を収めていた。

櫂が尾崎家の書生になったのは家庭の事情からだ。

櫂の祖父庸一《よういち》は野心的な実業家だった。若いころ台湾へ渡り建築業で成功を収めると、ある時そのすべてを売り払って日本に戻り、目新しい花や植物の栽培普及に取り組んだ。庸一の新事業を大口出資で後押ししたのが尾崎留吉で、二人はそれから昵懇《じっこん》の間柄となる。

しかしその数年後に庸一は体調を崩してあえなく他界した。庸一は新事業を始めるに当たって少なくない借金を作っており、税務署で働く櫂の父晃《あきら》が返済を迫られることになった。家計は逼迫した。それでも櫂には学業を続けさせてやろうと、晃は無理を押してあらゆる工面をした。

不憫に思った尾崎は東京府立第一中学に通う頭脳明晰な櫂を書生として尾崎家に引き取った。まだあどけなさの残る櫂に俊才の片鱗を見て、尾崎はこの少年をゆくゆくは帝国大学に進学させようと決めたのだ。

しかし櫂の不幸はそれからも続いた。自宅の不審火により父と母を同時に失ったのだ。病院に駆け付けた櫂は美しかった母の変わり果てた姿と対面した。父の最期には立ち会うことができ、二、三言葉を交わしたはずだったが、ショックのせいか、その時どんなことを話したのか全く覚えていなかった。それからも櫂が家族と過ごした日々を思い出すことはほとんどなかった。

尾崎家は多数の書生を置いていた。書生たちには広い書生部屋で共同生活を送らせたが、尾崎は櫂だけ特別に近くの下宿屋をあてがい可愛がった。櫂は他の書生たちと比べても図抜けて優秀であり非凡だった。おまけに背が高く容姿もよい。帝大を出て中央官庁に入り、出世の階段を順調に登っていけば、いずれは政界進出も期待できる。櫂の面倒をみることは、将来財閥にとって大きな利得になると尾崎は確信していた。

数年後、誰もが予想していた通り晴れて帝大生になると、櫂は尾崎の愛娘《まなむすめ》の家庭教師役に収まった。しかしいくら鏡子の頭がよくても、誰もが羨む美貌の娘を外で働かせる気など尾崎には毛頭なかった。

そんな父の考えとは裏腹に、櫂に出会い学業の楽しさを覚えた鏡子は、秘かに医学専門学校への進学を夢見るようになっていた。

「先生、私……」

もっと学びたいという純粋な欲求を捨てられずにいた鏡子は、ある時櫂に進学の悩みを打ち明けることにした。

「お父様はきっと反対なさるから、怖くて言い出せないのだけれど……」

すると櫂は何もかも承知しているとばかりに笑顔を見せた。

「東京女子医学専門学校で学びたいのでしょう？　それなら僕が入試に備えた勉強を手助けしますよ」櫂は優しく言った。「父上に悟られないよう、教材はすべて僕の下宿部屋で保管します。学校帰りに僕の部屋に立ち寄って、一生懸命勉学に励みましょう……！」

それまで櫂が鏡子の部屋に出向いて家庭教師をするのは週に二回だったが、鏡子が櫂の下宿に来るようになってからは毎日のように顔を合わせるようになる。人目を盗んで勉強に勤《いそ》しむ二人の間に、淡い恋心が芽生えるのも自然なことだった。

ある日の午後。

鏡子が机に向かって一心不乱に参考書を読んでいる。何の気なしに見つめたその横顔は、はっとするほどに優雅な曲線を描いていた。櫂はその額から睫《まつげ》毛、鼻の先、唇に顎となぞるように視線を移しながら、ある抑えがたい気持ちがもたげてくるのを感じた。

美しいものを前にすると測らずにはいられない——その日勉強を終えた鏡子を見つめながら、たまらず口にしてしまった。

「鏡子さんを測らせてください」

あまり聞いたことのない申し出だからだろう、鏡子の目には困惑の色が浮かんだ。だが櫂は真剣に一点の曇りもない表情で鏡子の返事を待った。

「明日、部屋に参りました時に」

俯きながらそう言った鏡子はじんわりと頬を赤らめた。

幼いころから理知的な風貌をした美少女だった鏡子は、今や十七歳となり、急速に大人の色香を身に纏《まと》い始めていた。

「どういたしましょう？」

翌日、部屋に入るなり鏡子は少し震えた声で櫂に尋ねた。授業を終えたあと、ひそかに化粧をしたのだろう。ふっくらとした唇に紅《べに》が差してあるのが分かった。

「ここに仰向けに寝てください」

櫂が興奮を抑えながら畳の上に四枚連ねた座布団を示すと、鏡子はためらう素振りを微塵もみせずに堂々と座布団の上に仰向けになり、そっと静かに目を閉じた。

なんと美しいのだ。櫂は目の前に横たわる若い女性の均整のとれた顔立ちにしばし見惚れた。

「では失礼」

巻き尺を取り出すと、櫂はまず鏡子の額の生え際から眉までの長さを測定した。

眉は完璧な弧を描いているように見えたし、額の生え際も美人画のような富士額である。

櫂にとって鏡子は特別な存在だった。どこにいても超然としていて人を寄せ付けない雰囲気のある櫂を、鏡子は自然に受け入れてくれたのだ。会ったその日からなぜか心を開くことができた。若い男らしく、時には狂おしい気持ちを抑え難く感じることもあったが、今こうして鏡子の顔に巻き尺を当てていると、不思議と突き上げるような欲望は却《かえ》って静まっていくのだった。

肉体の欲求を上回るある想念に櫂は支配されていた。

——完璧な美を追求したい。

鏡子の顔のあらゆる部分を測定しては、我を忘れて手帳に数字を書きつけていった。

ふとした瞬間、鏡子の中にある発見をした。

「白銀比《はくぎんひ》だ……」

櫂は胸が詰まるような大きな感動を覚えた。白銀比とは古来より日本の意匠に多く使われてきた、1:1.41421356…（$\sqrt{2}$）で示される美の比率である。それが鏡子の顔のあらゆる部分に存在していたのだ。

——鏡子さんの美しさが数値で証明された。

美は確かに数字としてそこにあった。包まれるような感動の中で櫂はさらに気持ちを昂《たかぶ》らせながら、今度は鏡子の身体に秘められた数式を見つけてみたくなった。

それは疼《うず》くような欲情ではなく、極めて澄んだ櫂の奥底から沸き上がる想いの結晶だった。

「次は体を……」

鏡子は目を閉じたまま黙って頷いてから、体を起こして静かに洋服を脱ぎ始めた。櫂は興奮しきって、巻き尺を握りしめる手が汗でぐっしょり濡れているのに気付いた。

「ではまた座布団に横たわってください」

自分の声が震えている。圧倒的な美を前にした櫂は、矢も楯もたまらずすぐさま鏡子の肉体を計測し始めた。

「なっ……!!」

その時いきなり下宿部屋の引き戸が乱暴に開けられた。

上半身の服がはだけた鏡子の上に覆いかぶさるように跨《また》がっていた櫂は、気道を完全に塞がれたように息が止まった。

「直、貴様！　恩を仇《あだ》で返しおって！　恥を知れ！」

次の瞬間、激昂する尾崎留吉の岩のような拳が飛んできた。力一杯頬を殴られて血の味がにじむ。激しい痛みに襲われたが櫂は一言も抗弁をしなかった。一介の書生が大財閥の令嬢に手を出したと誰もが思う状況で、口先で言い訳などしても醜いだけだ。娘を溺愛する尾崎が激しい怒りにまかせて叫ぶと、階下から二人の屈強な書生が現れ、櫂は羽交い絞めにされて部屋の外に引っ張り出された。

「先生……！」

顔を真っ赤にし慌てて服を着た鏡子は櫂の背中に向かって叫んだが、父親を恐れるあまり真実を告げる前に口をきつく閉ざした。最近、鏡子が放課後になると、こっそり唇に紅を差すようになったことに気付いた女教師が、鏡子の身を案じて尾崎家に連絡を入れていたことなど、当然知る由《よし》もなかった。

その日のうちに櫂は尾崎家から追放された。鏡子は長く外出禁止を命じられたというが、それ以来会っていない。

尾崎はそれだけでは収まらず、東京帝大総長に櫂の素行不良を訴え、退学処分を求めた。帝大は数学科トップの逸材を退学になどできないと一度は訴えをはねのけたが、しばらくして時の文部大臣から内々に要請が来ると、さすがに聞き入れざるをえなかった。

櫂はあまりの悔しさに身を震わせ己の身を呪うと、躊躇《ちゆうちよ》なく退学届を出した。

*

布団の中で櫂は全身が汗で濡れそぼっていることに気付いた。寒かった。いつのまにか眠ってしまっていたのだ。

「…………」

見慣れぬ寝具に慌てて身を起こすと、隣に昨夜遊んだ芸者が寝ていた。

おぼろげに思い出された。傲慢な軍人二人が引き上げた後、あまり飲みつけない酒を勢いよく呷《あお》ったおかげでしばらくしてから気分が悪くなった。情けないことに小菊《こぎく》という芸者に別部屋で介抱されて床についたのだ。

「耀さま……」

気配に気付いたのか、小菊がいつのまにか目を覚ましてこちらを見ていた。

「ああ、おはよう。昨晩は迷惑をかけた」

恥ずかしさに襲われて顔を赤らめる耀を、小菊は愛おしそうに見つめる。

「〝待ってる〟っておっしゃったのに、いくら揺すっても全然起きてくださらないから、ここでふて寝してやったんだから」

昨晩のことをはっきり思い出せなかったが、耀は「それはすまない」と頭を下げた。

「今からでも間に合うわよ」

そう言って小菊は艶《なま》めかしく笑いふくよかな体を寄せてくる。

「いや……また今度にしておきます」

「〝今度〟はないの」

小菊は切なそうに目を伏せると視線を枕に落とした。

「……？」

「私、満州へ行っちゃうのよ」

「満州……」

「寒そうだし、軍人ばっかりだっていうから本当は嫌なんだけど」

「行かなけりゃいいじゃないですか」

すると小菊はどこか嘲るように冷たいものを含んだ薄笑いを浮かべた。

「櫂さまは好き勝手に生きられていいわね」

「……………」

「私は売られて行くの。親の借金のカタにね」

咄嗟《とっさ》に櫂がかける言葉を探していると小菊は首を振る。

「こんな話して悪かったわね。さっさと着替えて」

そう言うとさっと立ち上がり、手際よく布団を畳んでいく。櫂はその姿をぼんやりと眺めているだけだった。

翌日、横須賀港に停泊する空母赤城の司令官室で、山本は海軍少尉田中正二郎《たなかしょうじろう》と向き合っていた。

「急ぎの用件だったが、何か分かったか」

「少将が睨まれた通りでした」

田中がにやりとし、山本もつられて口角を上げた。山本は料亭の女将に櫂直の住まいを聞き出し、田中に櫂の身辺調査をさせていたのだ。

「あの櫂という学生、いや元学生は並外れた頭脳を持つ男のようです。帝大数学科一の天才と言われ、数学界ではまさに将来を嘱望された青年です」

「ほう。なぜそれほどの者が退学を？」

顔を歪《ゆが》ませると田中は首を竦める。

「それが、櫂にはちょっと問題があるようです。櫂は尾崎留吉に厄介になっている身でありながら、公の場で尾崎財閥が力を入れる軍需産業を痛烈に批判した上、あろうことか尾崎家のご令嬢に手を出したのだそうです。櫂の下宿先に尾崎留吉自ら飛び込んで行き大騒動になったとか」

「そうか……」

「いくら火急の折とはいえ、かような人物を軍に招き入れるのは、僭越《せんえつ》ながら断固反対です」

生真面目な田中には受け入れがたい人物ではあるだろう。しばし山本は考えてか

ら、

「しかし、背に腹はかえられんよ」

「いや、獅子身中の虫とも言います」

山本はもっと慎重に判断すべきかを自分に問うた。だがやはり答えは一つだった。

「もっとどえらい虫が、海軍を食い散らかそうとしているのだ……よしすぐに、車の用意を！」

「はっ」

山本が一つ頷いて足早に司令官室を出ると、田中もすぐ後を追った。

田中が運転する大きな黒塗りの車が狭い路地に減速して入っていくと、ある下宿屋の前で停車した。近隣から珍しいもの見たさに子供たちが寄ってきた。日本でまだほとんど走っていない米国フォード車の、黒光りする車体に子供たちは目を奪われている。

「行ってみるか」

「はい」

二人が外に出ていくと、一階で煙草をふかしていた下宿屋の大家が、山本の軍服に縫い付けられた袖章を見て目を丸くした。詳しい階級までは分からずとも軍の上層部が来たことだけは理解したようだ。すると尾崎留吉に怒鳴り込まれた一件でも思い出したのか、飛ぶように階段を駆け上っていく。

「櫂さん！　ちょっと、あんた、また何かしたの？」

部屋の戸を叩きながら、大家が心配そうに声を上げるのが聞こえた。

「何ですか」

しばらくしてから迷惑そうな顔で櫂が戸を開けたのが見えた。大家の顔を見るなり眉間に皺を寄せ、戸を開け放ったまますぐに部屋の中に戻っていく。

大家と入れ替わるように山本が部屋の戸口に立った。その後ろで田中が様子を窺《うかが》っている。咳払いをし、戸を軽くノックしてから二人は部屋に入って戸を閉めた。

「いやあ、約束もなしに押しかけてすまないね」

「…………」

櫂は不機嫌そうに山本を一瞥《いちべつ》しただけで、何も言わずに荷造りを続けた。

山本は畳の上に胡坐《あぐら》をかいた。田中は山本の後ろで控えている。相変わらず櫂は大きな行李に服を投げ込みながら、黙々と荷物をまとめていた。

「じつは君に興味を覚えて、素性を調べさせてもらったよ。あまり気持ちよくはなかろう。勝手に済まなかったな」

そう言ってから山本は唐突に切り出した。

「そこで我々は——君に海軍に来てもらいたいのだ。そのお願いに来た」

部屋の空気がにわかに緊張し、櫂の手がぴたりと止まった。

「僕が海軍にですか」

「ああ。どうだろう?」

山本が櫂をのぞき込むと、それを拒むような刃物のように鋭い視線とぶつかる。

「お断りします。僕が軍人になるなど考えられない。何をさせるつもりか分かりませんが、崇高な数学をくだらない軍事目的に使いたくありませんから」

「くだらないだと!」

「待て」

予期していた返事だったので、山本は落ち着き払っていた。

「櫂君。今、大日本帝国海軍は大きな試練の時を迎えているんだ。列強が相次いで軍拡競争を始めた。すなわち我々は近い未来、必ずや訪れるだろう戦いの時代に備えなければならないのだ。この国のために数学の天才である君の頭脳を貸してはくれないか」

櫂は黙って山本を見返した。その目つきの微妙な変化をとらえると、山本は小さく頷いた。

「よく聞いてほしい。我々は、巨大戦艦建造計画を阻止したいのだ。それには君の力が必要だ」

「山本少将！　それは……！」

戦艦新造計画は最重要の軍事機密である。青ざめた田中は慌ててごまかそうとしたが、山本は首を横に振って続ける。

「実は今、老朽化した『金剛』の代替艦の新造計画があり、採用をめぐって二つの案が競っているのだ」

「そんな話は聞きたくありません」

櫂は山本に不快感を示すように背を向けると、また行李に洋服やら小物を乱暴に投げ入れ始めた。櫂は動揺していた。興味があるからこそ、その気持ちを悟られないよう背中を向けて拒絶したように見せなければならないのだ。

「私は、これからは航空機の時代になると思っている。よって今回の新造艦は航空母艦にすべきだと考えているのだ。だから戦艦建造計画を何としても阻止したいのだよ」

「いい加減にしてください」

櫂は手を止め首を振った。

「その戦艦は、実戦では使い道のないほど巨大だ！　しかも建造費はどんぶり勘定、まるで出鱈目《でたらめ》なのだよ。そんな虚偽にまみれた設計案を元にした船に、この国の未来を懸けてはいけない。嘘の数値に塗り固められた戦艦建造計画を、君なら許せるか？」

「僕には関係ない」

櫂の声が暗く響いた。

「意味のない巨大戦艦を造り後世に名を残したい軍人と、私腹を肥やすことしか頭にない企業家どもに、大事な国家財源が湯水のごとく使われるんだぞ！」

ここまで思い切ったことを口にする山本に慄《おのの》くように、田中は拳を握りしめて震えを抑えている。

「だからって僕に何ができるって言うんです？」

櫂はたっぷり皮肉を浮かべて振り返った。山本はその目を見つめて語る。

「出鱈目の設計案を白紙撤回させるために見積もりの不正を暴こうと考えている。そのためには建造費の正確な数字を割り出し、突きつけてやる必要があるのだ。君の並外れた数学力があれば、それができる」

櫂の喉仏が上下した。

「頼む！　ここでやつらの計画を潰さないと後世に重大な禍根となる」

「軍に造船の技師がいくらでもいるでしょう？　その人たちにやらせたらどうです？　僕は素人ですから」

「造船部の主流は巨大戦艦派なのだ。航空主兵を説いても広まらない。うまく引きこめても戦艦派のスパイとなる可能性があるのだ。だから君のような外部の力が必要なんだ」

燿は呆《あき》れたように目を閉じると、大きなため息をついてみせた。

「だからお断りすると申し上げています！」

山本はその真意を見極めようと目を見開いた。

「先日も申し上げましたが、僕は軍隊ってのが大嫌いなのです」

「いや、君を軍艦には乗せない。海軍省内で働くだけだ」

燿は首を振った。

「そうじゃない、軍艦に乗る乗らないって話ではありません。そもそも無理な話なんです」

「無理？」

山本は思わず聞き返した。

「明日、アメリカに渡るからです」

「それはどうして……？」

「晴れて試験に受かったので、特待生としてプリンストン大学数学科にいきます。大学に僕の教授の友人がおり、そこに身を寄せることになっているのです。静かに数学を研究するには最高の環境でしてね」

部屋にまとめられた荷物に目をやって、山本は大きく首を振った。

「君、なんとか考え直してもらえないか」

日本の未来のために――。

「できるわけがない！」櫂は苛立ちながら拳を握った。「これは僕にとって起死回生の好機なんですよ。僕は純粋に数学を追究したいだけなんです。僕が心底から惚れ込んでいる数学について、とことん考え抜いて世界を描き直してみたい。だから軍には行けません。帰っていただけますか」

特待生として留学すれば、渡航費も生活費も大学が面倒をみてくれるだろう。なにより先進国アメリカの名門大学には、数学を研究するためのあらゆる環境が整っているはずだ。数学の研究を続けたければ、アメリカに渡るという選択が最適だろう。どうしてこの有望な若者が、その約束された生活を棒に振れるだろうか？　同じくアメリカに留学経験のある山本が分からないはずはなかった。

だが山本は青筋をたてて再び首を横に振る。

「国家の命運がかかっているんだ」

櫂の表情は皮肉に満ちあふれていた。

「僕は日本に絶望してアメリカに渡るんです。こんな国がどうなろうと知ったこっちゃない」

「貴様！　それでも日本人か！」

前に躍り出た田中を小馬鹿にするように鼻で笑う。

「その挑発は無意味です。僕は日本を捨てるんですよ。もう帰ってください」

櫂は立ち上がると部屋の戸を引いた。

「……本当に起きるぞ。戦争は本当に起きるぞ」

山本は瞑目して静かに言った。

これは何の脅しでもないつもりだった。日本の運命を決するその時が、まだ水面下ではあるが刻一刻と近付いているように山本には思えてならなかった。

「どこと戦争になるって言うんです？」

櫂が無表情な声で尋ねた。

「……君が行こうとしているアメリカが主な敵になるだろう」

「はぁ、馬鹿を言っちゃいけません。勝てるわけがない！」

今にも笑い出しそうな櫂に田中が怒気を含んだ声で尋ねる。

「なぜそう決めつける」

「火を見るより明らかです。工業力一つをとってもアメリカと日本の差はどう見積もっても五十対一だ。石油生産力に至っては百二十対一。国力の差は歴然としています。そんな国と戦争して勝てるなんて子供でも思わない。数字は嘘をつきませんからね」

山本は深くうなずいていた。両国間の桁違いの国力の差を、誰よりも山本自身、留学時代に嫌というほど思い知っていたからだ。産業の発展とともに物資に恵まれた豊かなアメリカ社会は、日本が手本にすべき社会の姿だと感じた。

「櫂君。それほど分かっているなら、これから造られようとしている戦艦がどれほど危険な存在になるか想像できるだろう」

すると櫂の目に不安が差した。山本が謂《い》わんとしていることを咄嗟に呑み込めなかったようだ。

「それは日本が世界最大にして最強の戦艦を造るという計画なのだ。無知な民衆や好戦的な将校はそれを見て何を思うだろう。その一隻さえあればアメリカに勝てるという幻想にすがるようになるだろう。偽りの夢を見せてはいけない。だからこそ我々は巨大戦艦の建造を絶対に阻止しなければならないのだよ」

櫂は口の中で「馬鹿馬鹿しい」と言ってのけたが、声にはそれまでの勢いがなかった。

「果たして、そうなっても一人で敵国となるアメリカで好きな数学の研究など続けていけるものかな」

「何度言えば分かるんですか！　早く帰って下さい」

櫂が開いたままの戸を叩いて忌々しげに叫んだので山本はゆっくりと立ち上がった。そして櫂の前に立つと左手を目の前に突き出した。

「…………!!」

山本の左手には人差し指と中指がなかった。

「日露戦争で私はこの指を失った。戦争はあらゆるものを奪っていく。彼らの造ろうとしている戦艦は、戦争の種子だ。必ず叩き潰さねばならない」

「…………」

櫂は目を見開いて山本の失われた指を見つめていた。

車に戻ると、田中が堪《こら》えていた思いを吐き出した。

「あんなやつ、こちらから願い下げです！　あいつには日本人としての誇りがない！」

「いや、私はまだ望みを捨てていない。彼の中に楔《くさび》を打ち込むことはできたと思っている」

後部座席に体を沈めた山本は、最後に櫂が見せた複雑な表情を思い返した。

「楔ですか」

「ああ、常に正解を求める数学者だからな。間違いを放って置けないはずだ」

山本の確信めいた声を聞くと、田中はゆるやかに車を発進させた。

＊

横浜港には優雅な豪華貨客船、浅間丸《あさままる》が停泊していた。

ここから西海岸にあるサンフランシスコまで船で十二日間かかる。そこからプリンストン大学のあるニュージャージー州まで行くには、陸路でさらに四日を見なければならなかった。

驚いたことに大学から送られて来た乗船券は一等客室だった。一等の専用食堂には服装規定があるため、耀は背広姿で大きな行李を二つ手に提げていた。

港は見送りの人々でごった返している。幼子を負ぶって、生まれたばかりの赤子を前に抱く母親。みすぼらしい着物に丹前を羽織った男たち。周りを見回すと、背広を着た者などほとんどいない。多くの貧しい身なりの者たちは荷物も少なく、長い旅になるはずなのに小さな風呂敷包みを一つしか持たない男もいる。

浅間丸は途中でハワイに寄港する予定だ。船底の三等客室にはハワイへ移住する者たちが多く乗っていた。彼らの中には、貧しくて苦しい日本での生活を捨てることになった者もきっといることだろう。

「身体を大事にして、稼いでおくれよ」

目の前で老婆が息子らしき男性の手を握りしめながら目を潤ませていた。

「ああ、元気でな」

浅黒く日焼けした息子は力強く頷いて白い歯を見せる。渡航費を工面するためにいくらかの借金もしているだろう。

擢はふと芸者小菊のつややかな笑みを思い出した。借金のかたとなって満州に売られていくと言っていた小菊のことを急に不憫に思う。

急に締め付けられるような想いが胸に込み上げ擢は眉間に皺を寄せた。

半年前、まだ擢が尾崎家に出入りしていた頃――。

尾崎に命じられて、広い客間で開かれた盛大な社交パーティーに出席したことがあった。財閥の上客である軍人や官僚や政治家など、日本を動かす大物たちが集う会合で擢を是非お披露目《ひろめ》したいということだった。

尾崎は政財界や軍部の権力者たちの前で、擢を「数学の天才」と呼び賛辞を惜しまなかった。当代切っての大財閥を率いる尾崎が見込む青年ならばと、皆興味深そうに擢に声をかけていく。その長身と容姿も手伝ってか、自然と擢の周りには人が集まるのだった。

しかし擢は、官僚や政治家にはまるで関心がなかった。自分が将来、彼らのように国家の中枢に入ることなど想像すらできない。数学を突き詰める以外の夢を抱いたことがなかったのだから。

「おお、これは嶋田少将！」

尾崎の上ずった様子に、櫂は半ばうんざりしながら顔をあげた。

「直。こちらは嶋田繁太郎海軍少将だ」

嶋田は品定めするように櫂をじろりと見た。

「この櫂直は東京帝大の数学科をまもなく首席で卒業します。数学界では百年に一人の天才と言われておるのです。胆力もあり、数字の世界だけで収まる器ではありません。ゆくゆくは日本を担ってゆく男になるでしょう」

尾崎が嬉しそうに紹介するのを柔和な笑顔を浮かべて聞いていた嶋田は、

「櫂君か、天才の意見を是非聞きたいものだね」

と目だけ鋭く光らせてそう言うと、尾崎に顔を向けた。

「例の新造計画な」

「はい」

「この際、思い切って世界最大級でいこうと思ってるんだがね」

「なんとそれは素晴らしい！　是非お任せを」

尾崎が笑みをこぼすと嶋田も満足げに頷く。

「全長３００メートル以上！　大砲は50サンチ！　英米が慌てふためくぞ！」

尾崎は芝居がかった拍手を送りながらも、商売人らしく尋ねる。

「本当に素晴らしいですな。しかし予算がつきますかな」

「なあに、金などどうにでもなる」

傍らで聞いていた櫂はふと疑問が浮かんだ。

「その50サンチの大砲ですが、命中する確率はどれほどのものなのですか」

嶋田は「ううん？」と唸って天井を見上げる。

「十に一つというところかな」

「10パーセントですか。それは対象が静止している場合でよろしいでしょうか。では動いている場合はどうでしょう？　戦場で砲撃の対象となる戦艦は動いていることが多いでしょうから」

「動いていたら……そうだな……うむ」

嶋田は困り顔でそのまま黙りこんでしまった。

二人のやりとりを心配そうに見守っていた尾崎はすぐさま割って入ろうとしたが、さらに櫂が口を開く。

「波もありますし、実質1～2パーセントというところですね。加えて風や雨も影響するでしょう。命中する確率はますます低くなる」

　櫂は納得するように頷いて、

「なるほど、戦艦同士の戦いはずいぶんと非効率なものなんですね」

　顔色を変えずに言うと嶋田の額にみるみる青筋が浮かんだ。

「直！」

　尾崎が怒鳴ったがそこでひるむ櫂ではない。数字は嘘をつかないことを誰よりも深く知っているのだからさらに勢いづいた。

「いやあ。率直に言って馬鹿馬鹿しいなと思いましてね」

「お前、軍艦のことを何も知らんくせに！」

「軍艦のことは分からなくても、数字のことは分かります。非効率なものに大金をかけるなんて、どう考えても浪費でしかありません。おやめになった方が……」

　櫂の声音には皮肉のかけらもなかった。ただ「数学の天才」としての意見を問われたので、正直に答えたまでである。

「直！　出ていけ！　この馬鹿野郎！」

　尾崎が櫂の胸ぐらをつかもうとするも、櫂はすんでのところで逃れると、人の波を華麗にすり抜けて客間を後にした。

*

櫂は横浜港でたたずみながら苦々しく顔をしかめた。

そうなのだ。

あの時自分が嶋田に対して言ったことは、昨日山本が自分に語ったことと同じではなかったか。

櫂はそのことに気付くと半ば茫然としながら海に目をやった。

あんな馬鹿どもが国の金を好き放題に使っている。戦艦を建造するための巨額な金をもし社会福祉に投じることができたなら、今この港にいる多くの人々は国を出る必要などないのではないか？　小菊は満州に売られることもないのではないか？

しかもその巨大戦艦では、来るべき航空戦の時代に勝利できないのだ。何のために、莫大な費用と労力をかけてそんな虚像を造るのか？　一握りの軍人の夢？　軍需産業が儲《もう》かるからか？

これからさらに軍事費は増大していき、人々の暮らしはますます圧迫される。資源のない日本はじり貧になって、海外にそれを求めて進出するだろう。それは他国との間に大きな軋轢《あつれき》を生む。その果てにあるのは――。

耀はごった返す人込みの中で立ち尽くして、もう一度周囲を見渡した。

一瞬、耀はそこに火の海を見た。熱さにのたうち回る男と女、泣き疲れてひっそりと息を引き取る子供。焼け焦げたおびただしい数の死体。焦土と化した日本。あまりに恐ろしい地獄絵図が脳裏に浮かび、耀ははっとして息を荒くした。

山本の失われた指を思い出した。山本が言うように、もし本当に米国と開戦の時を迎えたら――。それは数字が示している通りの結果になるだろう。

一方で、渡米先で待っているまたとない研究生活を自らここで捨てる可能性など万に一つもないと思いたかった。時代や軍人に翻弄されて自分の人生が望まぬものになっていいものか。自分はやはり数学者として、数学に身を捧げる使命があるのだ。

「あっ！」

次の瞬間、櫂は人込みをかき分けて走り出していた。視線の先には、鏡子の姿があった。

「鏡子さん！」

「櫂先生！」

二人は駆け寄るとしばし見つめ合った。

「どうしてここが？」

「先生がアメリカに発《た》たれるとお聞きして……」

櫂が渡米することを知っているのは大学の関係者と下宿屋の大家だけだったはずだが、どこからか鏡子の耳に入ったのだろう。赤らめた顔を伏せて鏡子はつぶやく。

「私のせいですよね？」

「いいえ。鏡子さんには何の責任もありませんよ」

あなたは初めて会ったときから、自然と心を開くことができた特別な女性なのだから――忘れかけていた想いが熱い塊となって込み上げてくる。

櫂を見つめる鏡子の目が涙で潤んでいく。

「お父様をお許しください。今は無理でもいずれ、きちんとお話しすれば……」

「いや、それは無理でしょう」

鏡子の悲しげな顔を見下ろしながら、櫂は想いを振り切るように素っ気なく告げた。

「仕方がないんです。では」

すがるような鏡子の視線を心を鬼にして振り切ると、踵《きびす》を返して歩きだした。

その時、櫂の頬を何かが伝った。

涙だった。訳も分からず、とめどなく涙が溢れてくる。

自分でもなぜ泣いているのか分からなかった。この涙は悲しみか。悔しさか。憎しみか。呪いか。怒りか。それともそのすべてだろうか。

出鱈目な計算ででっち上げられた虚飾まみれの戦艦建造計画によって、この国は大きな過ちを犯してしまうかもしれない。多くの人々が凄惨な目にあうことを知りながら、のうのうと研究を続けられるだろうか。数字は明らかに暗い未来を示しているのに、僕が取る選択は果たして理に適った美しいものであるだろうか。

櫂の心は真っ二つに引き裂かれて悲鳴をあげ血を流していた。

山本と手を組めば、戦争を止めることができるかもしれない。いや、そんなことで数学を追究する道を断《た》っていいのか？

否！

やるんだ。自分がきっと暴いてみせる。数字は嘘をつかない！

戦争を止めるんだ。

愚かな馬鹿者たちの好きにはさせない。

僕の数学の力で奴らを止める！

櫂はそれまではらはらと流れていた涙を拭い、炎を点《とも》した目で前を向いた。もう涙は一滴も流れ落ちてこなかった。櫂は物凄い形相で再び踵を返した。

「先生……!?」

鏡子は笑顔を浮かべたが、見たこともない櫂の顔つきに表情が強張《こわば》る。

「申し訳ない。僕にはやらなくてはならないことがありました」

櫂は一礼して鏡子の脇を通りすぎた。

港では強い向かい風が吹いている。

乱れた髪を撫《な》で付けながら立ち並ぶ庁舎の方へ向かっていくと、前方に黒塗りの乗用車が停まっていた。その前には二人の軍服の男が立ち、腕組みをしながらこちらを見ている。

「山本さん！」

燿は大声で軍人の名を呼ぶとすぐさま走り寄った。山本はほんの少しだけ口角を上げて応えてみせてから、

「迎えに来た」

とだけ告げた。田中も目を細めてひとつ頷く。

「お世話になります」

燿は深々と一礼した。

それだけだった。山本が後部座席に乗り込み、燿は荷物を積み込んでから山本の隣に座ると、扉をバタンと勢いよく閉めた。

あと四三三八日

徐々に落ち着きを取り戻しながら櫂は車窓を流れる景色を見ていた。

車は真っ直ぐ霞が関に向かっていた。

しばらく誰も口をきかなかったが、おもむろに山本が切り出した。

「昨日も話したように、君には戦艦計画の虚偽の見積もりを再計算し、全力で正確な数字を弾き出してほしい」

「どれくらいお時間をいただけるのですか」

「次の会議まで二週間もない」

「たったの二週間も……」

それほど急な話だったのか。思わず身震いするような緊張が走る。

「十分な時間とは言い難いが、なんとかしてもらうしかない。それでこその君の計算能力だ」

　山本はじっと櫂を見つめた。

「君の階級だが、少佐でいいだろう」

　海軍少佐といえば、山本少将のたった三つ下の階級であり、海軍大将を筆頭とする全海軍組織の上位六番目にあたる高級将校だ。

「少佐ですか……」

　驚いて口を開いた田中の階級は少尉だった。少尉は櫂より三階級下になる。

「待ってください」けれども櫂は解《げ》せなかった。「外部嘱託ではないのですか？　職業軍人になるのでは話が違う。少佐などと言うのならお断りします」

「貴様、山本少将のお言葉の意味が分かっているのか！」

「ええ、分かってます。だから、ありがた迷惑だって言ってるんですよ」

「正気か？　いきなり少佐だぞ」

　これだから軍人は困るのだ。櫂は呆れて鼻で笑った。

「田中、櫂君には軍人の物差しはない」

「はっ」

山本は有無を言わせぬ迫力で櫂の目を覗き込んだ。

「軍隊というところは厳然たる階級組織だ。階級が下の者は上の者に絶対服従だ。あらゆる場面で階級が物を言う。少佐ぐらいの襟章をつけていないと、下の者は動かないし、上層部に意見を具申したところで誰も耳を貸さない。ひいては戦艦建造計画を阻止することも不可能になる」

「……分かりました」

未知の世界への扉を開けたのだ。目的達成のために呑み込まなければならないこともあるのは分かる。

「この田中を君の〝付き〟とするから、身の回りの世話から、省内のことはすべて任せると良い」

「承知しました」

山本に命じられ田中は即答した。

「よろしくお願いします」

櫂もバックミラー越しに田中と目を合わせながら恭《うやうや》しく返事をすると、

「私は少尉ですから、今やあなたの方が階級がずっと上です。敬語など使わんでください」

「……分かった」

そう小さく呟《つぶや》いてみるがどうにも居心地が悪かった。

その日の午後は海軍省で様々な手続きをさせられた。何枚にもわたる書類にサインと押印が終わってから全身を採寸された。軍服を誂《あつら》えるためだという。

慌ただしく方々に連れまわされ、あっという間に夜になった。

田中に今夜の宿泊先ですと送り届けられたのは、帝国ホテルのライト館だった。ライト館はアメリカ人建築家フランク・ロイド・ライトが設計した名建築で、建物のそこかしこに古代の要塞のような堅牢さと、悠久のロマンが同居している。部屋の内部も機能的で美しく櫂は思わず唸った。

「明朝七時にお迎えに上がります」

田中が帰ると櫂はプリンストン大学とホストファミリー、さらに数学科の教授陣に詫び状を書き、それを郵送してくれるようフロントに預けた。

何かと目をかけてくれた帝大の教授たちや、これから世話になるはずだったプリンストン大学の教授たち。彼らにはただ申し訳なかったが、胸に後悔がよぎることは一度もなかった。手紙をしたためながら、櫂はこれまで感じたことのない不思議な高揚感に包まれていた。

熱いシャワーを浴びてベッドに入ったが、なかなか寝つけない。眠れないなら、起きていればいい。櫂はおもむろに掛け布団を剝ぐと、部屋の明かりをつけて鞄の中から巻き尺を取り出した。手始めに部屋にある机の縦横高さを測ると、次に椅子に目がいく。柱の太さやついには細かな備品に至るまで、大きさを測り始めたら止まらなくなった。

真夜中にもかかわらず、頭の中は高速の計算機と化した。

そして痺《しび》れるようなあの感覚に襲われるのだった――。

＊＊

少年時代の櫂のポケットには、いつも巻き尺が入っていた。父親と散歩しながら、あらゆるものを測っていくことがいつもの休日の楽しみだった。

たまには少し遠出して山登りへ出かけることもあった。櫂は山の雄大な風景には目もくれず、地形図を手に入れて山の等高線や湖の等深線から体積を推測する遊びにふけった。それが櫂にとっての〝踏破〟だった。

このころ家で夢中になった遊びは「碁石拾い」だ。碁石拾いは、碁盤に並べられた碁石を一筆書きの要領で拾いつくす遊びだ。どこから拾い始めてもよいが、斜めに拾ってはいけない。いかに少ない手数ですべての碁石を拾えるかを競う。櫂は父を相手に何度でもこの遊びに興じた。

最初はまったく父に敵《かな》わなかった。適当な碁石から拾い始めるため、なかなかたくさんの石を拾いきれない。いかに一手でたくさんの石を拾えるか考えるが、なかなか父は勝たせてはくれない。負けると悔しくていつも泣いたが、涙を拭いて何度でも勝負を挑んだ。

だがある日、櫂は碁盤の上に法則を発見した。碁盤の外周に置かれた碁石のいずれかは、拾い始めの起点となる石であり、さらにそこから角度をつけて、別の方向に向かって拾っていかなければならないポイントだ。櫂はそこに注目した。ポイントになる起点を書き出して、場所によってグループ分けしたのだ。すると見えてきた。そこに数学があったのだ。

その法則を見つけてから、櫂はついに父が記録した十七手を切ることに成功した。十六手ですべての碁石を拾ったのだ。

それを披露した時の櫂の勝ち誇った様子を、父は微笑ましく見つめていた。

「ご褒美になにか買ってやろう」

櫂は屈託なく笑いながら首を振った。

「いりません。勝つことが僕のご褒美です。勝つことだけが意味のあることです」

勝つまで決して諦めない粘り強さを父は褒めてくれると思ったが、なぜか父はどこか冷ややかな目で自分を見ていた。

幼いころの記憶をぼんやりと思い出しながら、櫂は深くため息を一つ吐くと、目を閉じた。

＊＊

燿が寝ついたのは午前二時を回っていたにもかかわらず、翌朝は五時に目覚めてしまった。それでもまだ若い燿は十分に体力と気力を回復していた。

シャワーを浴びる。ひげを剃《そ》る。背広を着て整髪すると、ふと昨晩鏡子に手紙を書かなかったことが思い出された。

何度も書こうか迷った。けれども結局書けなかった。今さら手紙など出してどうしようと言うのだ。燿が揺れる自分の気持ちを嘲笑《あざわら》うように、

「もうやめよう」

と独りごちて窓辺に立ったとき部屋の扉がノックされた。

七時だった。

扉を開けると、田中の後ろに制服姿のホテルのボーイがいる。ボーイは手にハンガーにかけられた軍服を持っていた。

「軍服ですか？」

昨日採寸したばかりである。これには燿も驚いて目を見張る。

「ええ、やはり平服では、なにかと悪目立ちしますので、急がせました。一からの仕立てではなく、在庫に手をくわえたのですが、採寸通りですので、ぴったりだと

思います」

誇らしげに説明すると、田中は平然と部屋に入ろうとする。

「いや、自分で着替えますので」

「軍服を着るには手順と作法がありますから」

田中はピシャリと言ってボーイを促して中に入った。

軍に属するということ。それはすべて規則に従わなくてはならないということだった。

田中に手伝われながら慣れない着替えを終えると、櫂は姿見を見て顔をしかめた。

「似合わない」

軍服の身幅や袖口は櫂の体型に合わせていくらか絞ってあるのだが、それでも服の中で体が泳いでしまう。馴染まない姿にため息まじりで田中を見るが、頷くばかりで何も言わなかった。

「ところで田中さんはおいくつですか」

「二十五歳になります」

「私より三つ年上ですか、恐縮です」

「これは任務です。お気遣いなく。それともう敬語はご遠慮ください。海軍省の中では特に。私の立場もお考えください」

櫂が分かったと言うと、田中はさっと目礼した。

田中が運転する車はすぐに霞が関の海軍省に到着した。

「たいそう金がかかっていそうだ」

改めて海軍省の建物を見上げると、櫂はため息まじりにつぶやいた。

「当たり前です。ここは帝国海軍の中枢ですから。櫂少佐には海軍の全予算を掌握する経理局に任官していただくことになります」

「そうか」

そのまま櫂が中へ入ると、後ろから付いてきた田中が耳元で囁いた。

「建物に入られる際には脱帽を……！」

これも規則だ。さっと帽子をとると田中にならって左手で持った。

「永野中将らが応接室でお待ちとのことです」

そこで山本も待っているはずだった。

大きな革張りのソファに大仰《おおぎょう》な大理石のテーブルが重々しい。海軍省の応接室はいかにも贅沢《ぜいたく》な作りりで、櫂には美しいと思えなかった。

「おお、君が噂の天才か！」

ソファに体を沈めて櫂の登場を待ち構えていた永野が一気に破顔し、山本も微笑んだ。

「初めてお目にかかります。櫂直です」

「こちらは永野修身海軍中将だ」

「しかも男前ときている。天は二物を与えずではなかったか？　まあ、掛けなさい」

櫂がソファに浅く腰掛けると、永野が身を乗り出す。

「山本から話は聞いているね」

「はい、おおむね」

永野はすでに建造費の解が求められたとでも錯覚しているかのように、鷹揚《おうよう》に笑い声を上げて掌を顔の前で何度も振る。

「ははは。なあに、難しいことはひとつもない。相手方の見積もりをだな、ささーっと計算し直して正しい数字を出し、それをまとめて報告書を作ってくれるだけで良い。なんとしてでも彼らの計画が出鱈目であることを証明したいのだよ」

そして永野はさらに前屈みになって、声を落とした。

「そのためには……多少の捏造《ねつぞう》も構わんぞ」

櫂は咄嗟に眉間に皺を寄せて不快感を露《あらわ》にした。

「中将、それは」

話が違うとばかり山本もやや色をなす。だが永野はなおも続けた。

「君は東京帝大数学科を首席で卒業するはずだった男だろう！　この金看板があれば、数字などどうにでもなるだろう」

「永野中将。それは不正を行え、ということですか」

「がはははは！」

永野は手を打ち鳴らし、ソファに体を投げ出して大笑いすると、櫂の肩をポンポンと叩いた。

「冗談だ。初日で緊張しているだろうからほぐそうとしたまでだよ」

それでも櫂は身を固くしたままでいたので、軍服の永野の顔から次第に笑みが消えた。

「櫂少佐。経理局に特別会計監査課を設けた。君にはそこの課長に就任してもらう。個室を用意してあるから、自由に使え」

山本が空気を変えるようにおごそかに言った。

「ご配慮ありがとうございます。それとお願いがあります。あのホテルの部屋の設《しつら》えは素晴らしいですが、いかんせん私には高級すぎます。六畳一間の旅館で充分です。それと車での送迎も税金の無駄です」

「いや、海軍宿舎に空きが出るまでのことだ。ゆっくりしたまえ」

櫂は首を振る。無駄は醜悪だ。そんなことを続けたくはなかった。

「国民の税金を無駄に使わせないために、私は働くことにしたのです。私は一銭たりとも無駄金を使いたくありません」

「分かった。君がそう言うなら、そうしよう」

山本はすぐさま応じて、田中に「局へ案内しろ」と命じた。

耀は永野修身海軍中将の軽薄さにすっかり失望していた。山本の上官であるなら、優れた知性を持ち人格的にも信頼できる人物だと想像していたからだ。

「とんだ道化師だ……」

耀は心中で毒づいた。あの時尾崎家のパーティーで紹介された嶋田繁太郎という海軍幹部に似ている気がした。態度が大きく言葉の内容は空疎そのものなのだ。

やはり軍人は好きになれない。

階段を降りながらそんなことを考えていると、細身で長身の目つきの鋭い軍服の男が階下から登ってくる。背後から田中が声をかけた。

「耀少佐、上官には敬礼を……！」

すれ違う直前、言われるままに耀は田中を真似て腰を折って頭を下げた。

細い目に尖った顎。まるでカマキリのような顔を耀に向けぎろりと睨んだ。

「敬礼もせずに素通りしようとは、最近の海軍は教育がなっとらん」

その容姿からは想像がつかないような太く低い声音だった。耀は何と返したらよいか判断がつかず黙ってその男を見つめると、すぐに田中が耀の脇から躍り出て必死で詫びる。

「少佐は初出勤ゆえ、不作法をお許しください」

「ほう？」

眉をつり上げた男は、櫂の全身をなめるように観察した。

「少佐が……なぜ初出勤なのだ」

「昨日より海軍主計少佐を拝命した櫂直です」

「主計とは大蔵省からの出向か。その若さで少佐とは。軍人の階級章を子供がたやすく付けられるようになったか」

男はそう言うと顔を背け、静かに階段を上がっていった。櫂はあっけにとられてその背中を見送った。

男の姿が完全に見えなくなってから、興奮した様子の田中が櫂に小声で耳打ちした。

「あの方が大型戦艦建造計画案を作成した平山造船中将です！　山本少将が支持する空母案と、真っ向から対立している……」

櫂は平山が去った方向を見つめ思わず顔をしかめた。

「あれが国民の血税をドブに捨てようとしている男ですね」

一応田中はうなずいたが目で警告してくる。

「分かった。もう敬語は使わないし、悪口も言わないよ。睨むのはやめてくれ」

「はっ」

それから経理局の主計次長に挨拶するため、二人は経理局に出向いた。

「…………！」

櫂が部屋に入るなり、そこに驚きの光景が広がった。

机に向かって仕事をしていた四十人あまりの人間が、一斉に立ち上がって櫂の方を向き敬礼したのだ。櫂の階級章を見た軍人の反射的な行動だろう。

部屋の正面奥に座っている髪が薄くなった男、主計次長の助川《すけがわ》はその様子を無表情で見ていたが、櫂が田中とともに挨拶をすると、局員が総立ちで見守る中「ああ」と言っただけでとくに話はないようだった。

よく見ると、立ち上がって敬礼した部屋の者たちが櫂に向ける視線はいずれも冷ややかで、歓迎されている様子は微塵もなかった。

「…………」

「少佐の個室にご案内します」

田中に付いていくと狭くて暗い部屋に通された。カビ臭く、長らく物置にしていたのだろう。急遽《きゆうきよ》それらしく体裁だけ整えたのか、部屋には櫂と田中の机と椅子しかなかった。

櫂は鞄から巻き尺を取り出して、田中が目を丸くするのも気にせず、黙々と二つの机と椅子の寸法を測り始めた。

「いや、気にせんでください。クセのようなものなんです」

田中は二人きりになったからか少し気が緩んだとみえ、あからさまにため息をつく。櫂は一瞬ぽかんとしたが慌てて訂正した。

「ああ、敬語か。これはいかん……それでは早速だが田中少尉、平山案の建造計画書を見せてくれ」

「はっ。こちらです」

田中はすぐさま机に仕舞ってあった数枚の用紙を櫂に手渡した。

いずれも手書きの資料である。櫂はさっと目を通したが、建造費や戦艦の規模などが、おおまかな数字で書かれているだけだった。具体的な戦艦の寸法もなければ、部品についての記載もまるでない。

「本当にこれだけなのか？」櫂は書類を手にしてひらひらと揺らした。「戦艦の予算要求書類というのは、こんなあやふやなものでいいのか」

田中がそうではありませんが、と曖昧《あいまい》に言う。

「これは第一回会議に参加した藤岡少将の記憶を元に記述したもので、正式な資料ではないのです。新型戦艦建造計画の資料は最高軍事機密の〝軍機〟に属します。会議に使われた資料は会議終了後、ただちに金庫に保管されるため、現物に触れることはできません」

「では、その軍機とやらを閲覧させてもらいに行こう」

櫂は頷くと出入り口に向かった。戦艦の詳細が分からなければ、正確な建造費を弾き出すことなどできないのだから。

「お待ちください。我々が軍機を見ることはできません」

「では、この薄っぺらい資料だけで正しい見積もりを出せというのか」

「ええ……」

「本気で言っているのか？」

田中が懇願するような目で見つめるので櫂はため息をつくと、仕方なく椅子にかけて資料を広げた。

「藤岡案の見積もり金額が九三〇〇万円、平山案は八九〇〇万円か。計画上は平山案の方が予算を抑えているということだな」

「はい、山本少将が支持する藤岡案は基準排水量は2万6000トン、速力30ノットの航空母艦です。戦艦ではありませんから武装は少なく、高出力機関と航空艤装《ぎそう》に費用がかさみます。それでも九三〇〇万円はだいぶ精査して、抑えた金額だそうです」

戦艦の排水量とは、艦を浮かべた時に押し退けられる水のトン数で表される。30ノットは時速55・56キロに当たる。藤岡案は鳳翔、赤城を経て蓄積された日本空母技術の集大成として設計されていた。

「一方の平山案は基準排水量6万5050トン、主砲46サンチが三連装で3基の計9門。速力28ノット。藤岡案をはるかに上回る巨大戦艦が、藤岡案より安く収まるはずがありません。それにこれだけの巨大戦艦を日本海軍は造ったことがありません。この規模の艦を建造するためには、建造施設そのものの大規模な拡張が必要になります。それまで含めると、いったいいくらまで建造費が膨らむか見当もつきません」

櫂は首をひねった。

「排水量だけでも約二・五倍か。この平山案の八九〇〇万円という数字はまったくのでたらめということだな」

「恐らく」

田中が悔しそうにうなずく。

「だが一体向こうはどうするつもりなんだ？　欺瞞に満ちた計画を政治力で押し通すつもりなのか、それとも裏になにかカラクリでもあるのか。本当に安く造れる秘策が……」

再び櫂は立ち上がった。

「とにかく平山案の正確な数字を割り出すために、どんな資料でも構わないからかき集めてこよう」

青くなった田中が必死に首を振って櫂に追いすがる。

「無駄です！　すべての書類は軍機になっております。もっと言えば、平山中将たちは一連の書類を隠蔽《いんぺい》しているんですよ。だからどうにもなりません」

「山本少将や永野中将にお願いしても無理ということか」

「はい、無理です。もしそれができるなら、もうここに届いているはずですから」

耀は腕組みしてしばらく目をつむった。何が何でも打開策をひねり出さなければならなかった。

「田中少尉、車を出してもらえないか」

ゆっくり目を開くと、耀は田中に命じた。

「はい、どちらへ？」

「実物の戦艦を見てみたい」

「横須賀港なら停泊している船がありますが」

「よし、今から行こう」

耀はさっそく身支度を始めたが、田中は時計に目をやった。

「今からですか？　そうなると到着する頃には、日が落ちてしまうかもしれません」

「かまわない」

海軍というところは車の使用ひとつでも上長の許可が必要だった。横須賀港で戦艦を見るとなれば、一体いくつの許可を得なければならないのだろう。山本少将と永野中将への報告義務も出てくる。櫂はそれらのことに薄《う》っすらと気付いてはいたが、自分とて与えられた難題を解く時間は限られているのだ。部屋の中で出来ないなどと言っている場合ではなかった。

「行くぞ」

困惑顔の田中にそう一言告げた。

*

目黒にある海軍技術研究所の最上階に平山忠道所長の部屋はあった。広い執務室で事務仕事を片付けていると、平山の卓上電話が鳴った。

「私だ。嶋田だ」

普段より嶋田の声がうわずっているように聞こえた。

「これは少将、どうかなさいましたか」

平山はいつも通り慇懃無礼《いんぎんぶれい》に応じる。

「我々の建造計画に邪魔が入りそうだ」

「邪魔とは」

どうせ永野と山本が苦し紛れに何かを企んでいるのだろう。

「首謀者は永野だが裏で糸を引いているのは山本だ」

「やはり」

ただ計画案の裏を看破できるような頭脳を向こうは持ち合わせていない。

「何でもあいつらは我々の見積もりを精査するために、帝大の数学科の男を主計少佐として迎えおったようだ。その男は今日初出勤したとか……」

平山は鋭い目をさらに細くした。海軍省ですれ違ったあの長身の若者か。

「櫂直とかいう小生意気な若造で、以前尾崎が世話をしてやっていた書生だ。百年に一人の数学の天才だと褒めそやしておったがな……平山、藤岡案より安いと豪語しておったが、大丈夫だろうな。それを糾弾されでもしたら……」

電話越しにも嶋田が慌てふためいているのが分かる。無能な小心者め、と平山は薄く笑った。

「落ちついてください、嶋田少将。戦艦の建造費の算出は二週間でできるものではございません。造船の専門知識と構造の複雑な計算は無論、経済学の見識も不可欠です。いくら数学の天才だとしても、それは到底無理です」

「そうか……絶対だろうな？」

心配性の嶋田が念を押す。

「保証いたします。ただ念のため、その櫂とやらに我々の資料は絶対に渡さないように願います。たとえネジ一本の値段も知らせてはなりません」

「それはもう手を打ってある」

「そうでしたか。あとは私におまかせ下さい」

平山はそう告げて静かに受話器を置き、壁際に目をやった。

そこには先日の会議で披露した巨大戦艦の模型が鎮座し、やはり何の非の打ち所もない超然とした美しさを湛えていた。

横須賀港に向かう夕暮れの車中で、櫂は田中に話しかけるでもなく、ぼそりとつぶやいた。

「考えてみたら私は戦艦をじっくりと見たことがなかった」

「はい」

この間まで軍とは何の縁もない数学科の学生だったのだから無理もない話だ。

「机の上で考えていても埒《らち》があかない。だったら戦艦がどれほどの大きさのものなのか見てやろうと思った。実際に見れば、建造することがいかに大変で金がかかるかということを肌身で知ることができるだろう。まず見て触れるところから始めよう」

「はい」

見ただけで見積もりが分かるわけではもちろんない。だが実際に戦艦を目の前にしたら、何か閃《ひらめ》くことがあるかもしれないと思った。

強い西日が顔に当たるのも気づかないほど、櫂は思考に没入した。

二人の乗った車を、やや離れて同じ海軍省の車が尾行していることなど櫂は露ほどもしらない。その車を運転するのは、海軍軍令部高任《たかとう》久仁彦《くにひこ》中尉である。何かと鼻が利き、嶋田の腹心として重用されていた。櫂が少佐として海軍に入ったことを嗅ぎ付け、その背後にある永野と山本の企みを知ると、高任はすぐさま嶋田に注進した。

「横須賀か……貴様ら、何をしようというのだ」

ハンドルを握りしめて前方を注視しながら、高任は一人つぶやいた。嶋田から櫂の動向を逐一報告するようにと命じられていた。

車は横須賀に到着した。薄暮れの中を二人は戦艦を見ようと足を早めた。

「あれが長門です」

沖に浮かぶ艦を指差し、田中が櫂の後ろから教えた。櫂は戦艦の圧倒的な大きさに魅了されていた。

夕日に照らされて黒光りする巨大な戦艦長門は、ただ静かにそこに佇《たたず》んでいた。

「美しい……美しいな、戦艦というものは」

感嘆のため息をもらすと、櫂は興奮気味につぶやいた。たまらずズボンのポケットに手を突っ込み、中に忍ばせていた巻き尺を固く握りしめた。長門を前にして強い欲望が頭をもたげ、大きな疼きとなって櫂を突き上げてくる。

「よし、今からあれに乗艦しよう」

「ええっ、何を言い出すんですか、今からなんて無理です！　事前に許可を取らないと……」

もういい加減分かってくれとばかりに田中は強く首を振る。

「いや、乗艦する。必要なら許可を取ってくれ」

「思いつきであれこれ言わんでください！　戦艦というのはそんなに簡単に乗れるものではないのです」

「乗る」

何かに取り憑かれたように、櫂の目は長門の黒い肌に吸い込まれていく。

「乗るぞ」

「ですから……！」

額から冷や汗を流しながら櫂を押しとどめようとしていた田中が、あっと目を見開いた。

「長門の艦長は宇野《うの》大佐だ……」

横須賀港まで迎えにきた長門の内火艇に櫂と田中は乗った。

「簡単に乗れたな」

田中は憮然とした顔で見返す。

「永野中将のはからいがなかったら、とても無理でした。永野中将と長門の宇野艦長は昵懇なのです。運がよかったですね」

櫂はたしなめるように言う。

「最初からできないと決めてかかるのが君の悪い癖だ」

櫂は目の前に迫った長門を食い入るように見つめているので、田中はこっそり口を尖らせた。

長門の左舷舷梯に内火艇が接舷した。

櫂は艦を見上げて一度大きく息を吸い込むと、意気揚々と船梯を上がっていった。

「そばで見ると一段と大きいな！」

巨大な砲身が赤々と夕日に照らされている。この砲口から放たれる砲弾の威力はどれほどだろう。

広大な甲板に立つと艦橋が迫ってくるような迫力がある。櫂の目に長門は、全身を黒光りさせた艶めかしい巨大生物のように見えた。

海風が砲身の間を通り抜けて音をたてる。それが戦艦が奏でた音色に聞こえるほど櫂はこの空間に酔っていた。

「これは人間が造った美しき怪物だ……」

「少佐がおっしゃる通りです。戦艦長門は世界で初めて41サンチの砲を搭載した戦艦なのですから。最大射程3万2000メートル。排水量は3万2720トン。速力26・5ノットです」

田中が空で解説したので櫂もさすがに驚いた。

「覚えているのか？」

「ええ、世界に冠たる戦艦です。我が海軍の誇りですから」

大型戦艦計画を阻止するためにここへ来たことをしばし二人は忘れたかのように、晴れ晴れとした顔で艦橋に見入っていた。

それから櫂と田中は艦長室に通されて、艦長の宇野に面会した。

「まあ、挨拶はいい。かけなさい」

宇野は鷹揚に応接ソファに腰をおろして、二人に寛《くつろ》ぐように言った。

「もう日も暮れる。今日は泊まっていくといい。兵員たちは半舷上陸だから、部屋は余っている。士官用の個室を用意させよう」

半舷上陸とは、艦の停泊時に兵員の半分を当直に回し、残りは上陸させて休ませることだ。

田中は個室と聞いて安堵し、つい口を開いた。

「吊床《つりどこ》でなく個室を使わせていただけるのですか……ありがとうございます。私は不器用な人間で、眠りが深くなると決まって吊床から振り落とされてしまいます」

「ははは。いや永野長官から、二人を歓迎するように仰《おお》せつかっている。今日はゆっくり飲もうじゃないか。そうだ、ちょうど英国製のスコッチウィスキーがある。寝室から持ってくるから、少し待っていてくれ」

宇野は何から何まで部下に命じる上官ではないようだ。身軽に腰を浮かせて席を立つと部屋を出て行った。

櫂は部屋の扉が閉まる音を聞くなり、すぐに立ち上がった。

「この艦の設計図が見たい」

「ここに設計図は置いていません。設計図を艦に乗せることはないのです。何百枚にもなりますから」

「概略図くらいならあるだろう」

鋭く指摘すると田中は急に弱り切った顔になった。

「ええ、簡略化された一般艤装図なら可能性はあります。しかし少佐、それも軍機です。艦長がおいそれと見せて下さるとは思えません」

「ふむ。もし乗せているとすればそれはここにあるのか？　普通、一般艤装図はどこに保管するのだ、田中少尉？　どこにあるんだ」

櫂に迫られては、田中はその場所を打ち明けざるをえない。田中は正面にある戸棚をおずおずと指した。

「艦長室の、あそこに保管されていると思います」

櫂の大きな目が光を帯びた。

「艦長が戻ったら、どうにかして部屋の外に連れ出してくれ」

田中は激しく首を振って今櫂に言ったことを後悔した。

「少佐、それは無理です！　もし盗み見したことがバレたらスパイの嫌疑がかかります。軍法会議送りです」

「その時はその時だ。おびえていては何も始まらない」

にやりと笑ってみせた櫂は、あさはかな命知らずなどではない。自分に課せられた使命に命を懸けているのだ。スパイ容疑で軍法会議にかけられたら死刑もありうることなど当然承知の上だ。

「いやあ、お待たせ」

その時部屋の扉が開き宇野が戻ってきた。

艦長は机にウィスキーのボトルとグラスを三つ置いた。英国の高級酒、オールド・パーだった。

すぐに艦長は封を開けてたっぷりと注いでくれる。

櫂は「いただきます」とグラスに口をつけながら、田中に鋭く目配せした。田中は目を泳がせながら慌てふためいている。

「これはおいしいものですね。ウィスキーは初めて口にしました」

櫂はにこやかに微笑んで平然と言ってのける。

「そうだろう。貰《もら》い物だがな」

さらに一口含み、櫂は田中にもう一度視線を送る。田中は苦しげにうつむいてしまった。

「そうだ田中少尉、君は永野中将に電報を打たなきゃならないんじゃないか」

田中は顔をさっと赤らめながら、条件反射のように立ち上がる。

「ああ、そうでした。艦長、私が酔っぱらってしまう前に、恐れ入りますが電信室にご案内いただけませんでしょうか」

「いや、係の者を呼ぶから案内させよう」

「あ、いえ宇野艦長、ご同行いただけませんでしょうか？」

「私がか？　どうして？」

田中は今にも震え出しそうになりながら、なんとか芝居を続けた。

「ええ、それは、私の電文のご確認をお願いしたいからでして」

「確認？」

「ご確認いただいた上で……電文に艦長のお言葉を一言添えていただきたいのです」

田中は首まで真っ赤になりながらしどろもどろに言うと、宇野はようやくうなずいた。

「まあ、いいだろう。若い二人に高いウィスキーを馳走したと永野長官に恩を売っておくか。ははは！」

部屋をでる際、宇野は振り返って櫂に言った。

「遠慮せずにウィスキーを飲んでいなさい。電信室は遠いから」

「ありがとうございます」

櫂は立ち上がって礼儀正しく一礼する。

――パタン。

扉が閉まる音とともに、櫂はソファを飛び越えると戸棚に手をかけた。

棚にはびっしりと書類が積まれており、一番上の棚に丸めて置かれた大きな用紙があった。櫂はすかさずそれを手にして机の上に広げた。

戦艦長門の図面だった。

「おおっ…………！」

グラスとボトルを重石がわりに四隅に置くと、鞄から手帳を取り出し、櫂は物凄い速さで長門の図面を書き写していった。

「なるほど、こういうことか……」

細部の数字を拾っていくと、櫂の頭の中で図面が立体的に立ち上がってくるのがわかった。戦艦長門に込められた設計者の思想や意図が、数字を介して伝わってくるのだ。高等数学を解す者にしか分からない、美への想いが重なる。やはりこの戦艦は、単なる戦いのための道具ではないのだ。人の手が生み出した美しい怪物――櫂は図面に潜む数字の優美さに何度も息を呑んだ。

「缶室、機関、各種兵装の諸元……なるほど……戦艦とはこういうものなのか」

うわごとのように独り言を口にしながら、無我夢中で手帳を埋めていった。

田中は不自然でない程度に足音を高くして歩いた。艦長室はもうすぐそこだった。図面を盗み見している櫂に、この音が届くだろうか。

永野への電文は「すべて良好。一泊予定」と打ち、宇野はそこに「オールドパー馳走」と付け加えた。宿泊報告のつもりだった。疑われることはないだろう。

長い廊下を曲がると、艦長室の扉が見えた。二人が部屋に戻るまであと数秒――。

櫂が自分の足音に気づいて、艤装図を元の場所に戻していてくれることを祈るばかりだ。

田中が艦長室の扉を開いた。

そこにはどこか優雅にウィスキーを舐める櫂の姿があった。

田中がちらりと戸棚を見るも、何の乱れもない。

「いや、本当に本場のウィスキーはおいしいものですね。堪能させていただいております」

「どれ、私もいただこうか」

宇野は穏やかに微笑むと、何も気がつかない様子で持ってきた落花生をつまみにウィスキーを飲み出した。

田中がそっと目で問いかけてきたので、櫂はしっかりとひとつ頷く。すると田中の口元が綻び、やっとグラスに口をつけた。

翌朝。

櫂は素早く身だしなみを整えると、巻き尺を持って明け方の甲板に出た。

残された時間で測れるだけ測ってやろう。鼻孔から大きく海風を吸い込むと、櫂は薄闇の中で爛々《らんらん》と目を輝かせた。

「まずはこの手摺《てすり》からだ」

櫂はさっと巻き尺を広げた。

「すみません。寝過ごしてしまいました」

昨夜美味《うま》い酒を飲みすぎたのだろう、寝坊した田中が慌てて甲板にやってきた時には五時を回っていた。すでに約束より一時間以上も遅れている。

「少佐、大変申し訳ございません……」

田中が深く一礼するも、櫂は首を横に振った。

「構わん」

すでに櫂の頭の中は大小の数字が踊り出している。

「昨夜艦長室で一般艤装図をご覧になられたのですか」

「そうだ、図面があった。可能な限りこの手帳に書き写した」

さっと開いた手帳は図形や文字、数字で埋め尽くされていた。

「なんと凄いですね……！」

田中と話しながらも、櫂は手を止めずに手当たり次第に計測を続けている。

「図面には大方の寸法があったはずですが、なにを測っておられるのですか」

「細部の寸法は写し取れなかった。とにかく測れる場所はどこでも測っておきたい。

図面によると長門の全長は215・8メートル。平山案は268メートルで長門の一・二四一八倍になる。全幅は長門が28・96メートルで平山案は38・9メートル。一・三四三二倍だ。単純平均化すれば平山案は長門の一・二九二五倍となる。大きさの見当がつく」

「ええ、分かります。でも人の手で艦のすべてを測るのは無理があります」

田中が言う通り、それが普通の考え方なのは分かっている。手当たり次第に巻尺をあてている自分の姿は滑稽《こっけい》に見えるだろう。しかし櫂は目に強い闘志を燃やしていた。

「そうだろう。だが諦めるつもりはない。甲板や鋼板の厚み、ボルトの数、鎖の長さ、ひとつでも多く計測する。そして昨日写し取った図面。資料としては微々たるものだが、それを積み上げて、この怪物を数字として捕らえたい」

櫂の並々ならぬ気持ちを感じ取ったのか田中が背筋を伸ばす。

「分かりました。私もお手伝いいたします」

「ありがとう」

そう言って突然しゃがみ込むと、櫂は田中の足の寸法を測った。

「普段歩くように足を開いて……よし。君の一歩は50サンチ。廊下など艦内をくまなく歩き回って歩数を数えてくれ。階段の数も頼む」

「承知しました」

それから櫂は艦橋、機関室、主砲、砲台など、手あたり次第に計測していった。

一方、横須賀港には——巻き尺を手に甲板を動き回る櫂の姿を双眼鏡で捉えている男がいた。

「とんだ馬鹿げたことをしてくれるわ……」

嶋田が放ったスパイ、高任久仁彦中尉は薄く笑った。

＊

それから何事もなく櫂と田中は長門を後にした。

もう夕方だった。田中は宿に送り届けるつもりだったようだが、櫂は車を真っ直ぐ海軍省に向かわせ、田中を宿舎に戻すと資料室に向かった。

翌朝。

櫂は特別会計監査課に与えられた個室で、資料室で借りた造船に関する専門書を広げながら製図板に定規を当てていた。

「櫂少佐、おはようございます。おや、何をなさっておられるのですか……」

田中だった。

「おはよう。ああ、早速見よう見真似で長門の構造概略図を描こうと思ってね」

戦艦は旧艦の設計図を基本形に、そこから拡張したり、新たな工夫を加えたりして造られてきた。横須賀で並んでいる戦艦を見て、櫂はその中に過去から受け継がれてきた様式らしきものを感じた。そこには造り手の建造思想とでもいうべきものがあった。

田中は頷きながら聞いている。

「つまり今回の平山案は、長門に流れている建造思想を受け継いでいるんだ。だから形も似てくる。昨日も言ったように、平山案の大きさは長門の一・二九二五倍だ。長門の図面に平山案の数字を重ねていけば、全体像が浮かび上がってくるはずだ」

なるほど、と納得したように呟いた田中が、眉間に皺を寄せる。

「数学科で設計図を描いたりするものなのですか？」

「あるわけなかろう。純粋に数学をやっていたのだから」

「それで戦艦の図面を描こうなどと……少佐、馬鹿を言わないでください」

「幸いここの資料室には、造船に関する専門書が豊富でね。昨晩のうちに一通り頭に入れておいた」

机に開かれたいくつもの分厚い本を見て田中は目を丸くする。

「たった一晩でこの量をですか」

「ああ」

櫂は立て掛けた製図板に向き直ると、再び迷いなく線を引き始めた。

田中が「メチャクチャな御方だな」と小声でつぶやき笑ったが、すでに櫂はおぼろげながら図面から浮かび上がってきた未だ見ぬ怪物と格闘し始めていた。

僕がこの手で測り記憶に刻み込んだ怪物よ！　僕の目の前にもう一度姿を現せ！

平山と高任は嶋田少将の執務室に呼ばれていた。

「巻き尺であの長門を測っていただと？　そいつは傑作だ。奴は何がしたいんだ？」

吹き出して笑う嶋田に、高任は眉をぴくりとあげる。

「長門を実測したつもりなのではないですか」

「奴は帝大生じゃなかったのか？　まるっきりの馬鹿じゃないか」

「仰せのとおり馬鹿です。なんの資料も手に入らないので追い詰められているのでしょう。期待と現実のジレンマに押しつぶされそうになって、ついに巻き尺で長門を測るなどという奇矯な行動に出たのです」

「はっはっはっ！」

嶋田は腹を抱えて笑ったが平山は小首を傾げて、

「しかし奇行が過ぎるゆえに、逆に不気味ではありますな」

本心に近い言葉を口にした。

「分かっておる。抜かりはないわい」

嶋田はそう言って、様子を窺うように窓の方を向いた。

「……例の件、決めていただけますと……」

窓辺の椅子に座っていたのは、大角大臣だった。

「ああ、君たちの言う通りにしよう」

「あの櫂という男はどこか得体が知れません。奴の動きを早めに封じ込めるのが良策かと存じます」

平山の言葉を頷いて聞いていた嶋田が高任に促すように尋ねた。

「櫂についてもっと何かないのか」

「はっ……」

しばし黙考していた高任が口元に笑みを浮かべる。

「櫂は帝大を中途退学していますが、その理由がどうもはっきりせんのです。ただ今、奴の後ろ楯だった尾崎家との間にトラブルがあったのではないかと踏んで、調べておりまして……」

「それはどういった？」

「尾崎家の娘の家庭教師をしていた時分に、定かではありませんが、娘との間にどうも何かあったようです」

嶋田が好奇に満ちた目を大きく見開いた。

＊

高任の尾崎家への訪問はどこか不自然だった。海軍少将嶋田繁太郎からの進物を鏡子に渡したいと、突然自宅にやってきたのだ。

「舶来の珍しい洋菓子だそうです。お嬢様に直接お渡ししたいというのですが……」

女中のセツに告げられて鏡子は首をひねった。

誕生日でもなければ盆でもない。父の不在時に、軍人がわざわざ手土産を持って我が家へ挨拶に来て何になるのだろう。

だが無下《むげ》に拒否することもできない。尾崎財閥にとって海軍は最大の取引先であり、進物を断ったことが後で知れたら父は激怒するだろう。

鏡子は一抹の不安を覚えながら、

「応接間にお通しして」

とセツに命じて身支度を始めた。


分厚い絨毯《じゅうたん》が敷かれ、高い天井からシャンデリアが下がった洋間。暖炉の前の応接ソファに高任は背筋を伸ばして一人で座っていた。

「お待たせしました」

高任は立って深々と辞儀をした。

「初めてお目にかかります。海軍中尉高任久仁彦です」

「尾崎鏡子です」

鏡子は目を伏せた。高任は風呂敷に包まれていた菓子箱を取り出す。

「こちらは海軍少将、嶋田繁太郎よりお嬢様への御進物の品です」

「ありがとうございます」

鏡子は箱を受け取るとすぐに部屋の隅に控えていたセツに渡す。

「では」

高任は仮面の奥にある冷酷な目で自分を観察しているように見え、鏡子はすぐに部屋から逃げ出したくなった。

「かつてお嬢様の家庭教師をしていた方が、海軍に入られまして……」

戸口に向かうすれ違い様に高任に小声で耳打ちされ、鏡子は身を固くした。

「櫂少佐です。何かお言づけなどございましたら、わたくしが承《うけたまわ》ってまいりますが」

「何もありません……！」

先生が海軍に——鏡子は血の気が引く思いで、その場を足早に立ち去った。

玄関先で高任が暇《いとま》を告げると、女中のセツが丁寧に腰を負ったが、次の瞬間、高任は気の弱そうな女中にさっと近づき耳元で囁いた。

「お嬢様と櫂少佐の間に何があったのだ？」

「いえ、私は何も……」

高任は小柄なセツを見下ろしながら、胸ポケットから数枚の十円札を取り出した。それがセツの月給数ヵ月分にあたる額なのは一目で分かる。

セツの手に押し付けるが、身をよじらせて拒まれた。

「私は何も知りません、知りません……」

逃げるように首を振りながらも、セツの目は泳いでいた。

高任は強引にその手に札を握らせた。


一日中ほとんど立ちっぱなしで製図板に向かっていた櫂は、日中より食事も取らずに図面に没頭していた。極度に集中しているためか、時折頭がぼんやりとして足元がふらついた。田中が気にかけてくれなかったら、倒れていたかもしれない。

部屋の片隅に置かれた盆の上の夕食は冷めきっていたが、櫂はまだ休むつもりはなかった。

「剪断応力《せんだんおうりょく》の計算にミーゼスの等価応力の式を用いて……」

図面を引きながら頭の中で高度な計算式を走らせていた。つい思考が口からこぼれていく。

「夕食をお持ちしましたよ」

田中が頃合いを見計らって言った。これで三度目だった。

「ありがとう」

そう言いながら櫂は図面から目を離すことができなかった。

「そちらはどんな具合ですか……」

ふと田中が製図板を覗き込んで息を呑んだ。

「もうほとんどできているではないですか！　信じられません。半信半疑でしたが、まさか一日でここまでとは……」

田中が言う通り製図板の図面はほぼでき上がっていた。

「この長門の図面を元に、今夜から平山案の設計図に取りかかる。しかしまだ平山案の図面を正確に描き起こすには、数値が少なすぎる」

櫂が言うと田中は何か思いついたような顔をした。平山案の数字は調べようがないが、藤岡案ならどうか、と言う。空母とはいえ、戦艦と同じ部品を使っている部分もあるだろうから参考になると櫂は思った。

「藤岡少将にもっと詳細な資料の提供をお願いしてみましょう！　櫂少佐がこれほどがんばっておられるんです。藤岡少将も多少規律に反しても協力すべきです！」

図面を見て熱くなった田中に櫂は小さく笑った。

「素直に出してくれるかな」

軍部というものの規律は、そんな簡単に動くまい。

「私にお任せください。すぐに電話してみます。今晩藤岡少将は、山本少将らと料亭で会合をしているはずですから」

勇んで部屋の受話器を取ると田中は料亭に電話をかけた。

「…………」

山本としばらく話していた田中は、肩を落として櫂に頭を下げた。

「すみません。資料提供はどうしてもかなわないようです。すべては平山案を阻止するためのことなのに……」

「やはりな。素人の僕が期限内に見積もりを上げてしまうと困ったことになるんだろう」

櫂は皮肉をこめて鼻で笑った。

「藤岡少将の個人的なメンツということですか？　そんな……国家の危機だというのに、そんなことで」

田中は顔を赤らめて悔しそうに拳を作った。

「いまさら言っても仕方がない」

「山本少将に圧力をかけてもらいます」

いきり立った田中に櫂は冷静に首を振る。

「無駄だよ。軍機を盾にされたら山本少将といえども手も足も出まい。田中少尉、僕は自分ひとりで正確な見積もりを出す覚悟が出来たぞ……！」

櫂はそう叫ぶと自分の中で闘志が沸き上がるのを感じた。何の後ろ盾もない自分が、数学の力で大日本帝国海軍が犯そうとしている過ちを正してみせるのだ。

「やってやろうじゃないか！」

田中が力強くうなずいた。

「この手で必ず平山案を再現するぞ。今夜は徹夜になるかもしれない」

「お供します！」

数字は嘘をつかない。今に見ていろ――。

あと四三三四日

「ちょっと仮眠しよう……」

明け方近くになり急激な眠気に襲われた。思えば昨夜も参考書を読みふけってほとんど寝ていない。さすがに体力の限界が近いようだ。櫂は椅子にもたれると、ものの数秒で寝息を立て始めた。

田中は何とか櫂を助けたかった。目をこすりながら夜通し頼まれた艤装品の割り出しを続けた。途中少しの間、机に伏して寝入ってしまったようだが、日が昇る前に櫂が眠っているのを横目に作業を再開した。

朝になった。

櫂が起きたときにすぐ何か食べられるよう、田中は朝食を用意しに忍び足で部屋を出た。

「これは、なんなんだ…………！」

廊下に出た途端、田中の背筋が凍りついた。部屋の扉と廊下の壁は目を覆いたくなるような罵詈雑言《ばりぞうごん》で埋め尽くされていた。大量の貼り紙には〝擢少佐ハ色情魔〟〝海軍省ヨリ退去セヨ〟〝好色男〟〝擢少佐、尾崎家令嬢と密通〟などと大きく書かれた筆文字が下品に躍っている。

廊下を行き交う海軍省職員たちは貼り紙を眺めてにやりとしたり、ひそひそ喋り合いながら通り過ぎていく。田中は怒りが込み上げ、目の前の貼り紙を何枚か毟《むし》り取って破り捨てると部屋に引き返した。

そっと部屋に戻ると、先ほどまで寝息を立てていた擢が背筋を伸ばして机に向かっていた。

「はっ！」

「どうしたのだ？」

「はい、廊下の壁や扉に大量の怪文書が……」

すぐに部屋を飛び出した。

〝尾崎家令嬢と密通〟〝尾崎家に奉公する女中の密告により義憤に駆られて告発し

た〟さらには、〝これにより櫂は帝大をクビになった〟……。

櫂は顔を歪めて唇を強く噛んだ。顔から血の気が引き、全身が静かな憎しみに包まれていった。

噂はすぐに省内に広がった。その日の午前中、櫂は横須賀から駆けつけた永野より呼び出された。

「貴様、どういうことだ！　尾崎家の令嬢と密通したのが帝大退学の理由とあるが本当なのか！」

永野の怒号が部屋中に響いた。怪文書を手にした永野の額にはくっきりと青筋が浮かんでいる。

「確かに僕はお嬢様と気持ちを通じていました。しかし、密通や姦通をしていたわけでは断じてありません。尾崎家の当主が勝手にそう思い込んで、大学に圧力をかけたのです。こんなものは無視していただきたい」

「ふざけた言い訳はやめろ！」

どうしたら真実だと信じてもらえるというのだろう。

「………」

悔しさに身悶えしながら櫂は黙り込んだ。永野にあしざまに罵声を浴びせられながらも、櫂は別のことを考え始めていた。海軍省内の味方もこれで完全にいなくなったようだ。果たして自分は何のためにここにいるのか。なぜこれほどの仕打ちをうけながらも、自分は不眠不休で真実を追求しているのだろうか。櫂はじっとその答えを探し続けた。

「まったくくだらない！」

櫂は部屋に戻るなり、田中の目の前で怒りに打ち震えた。思わず強く机を叩き付けたが、それでも気持ちは収まらなかった。

「国家の防衛を担う場所にこれほど愚劣で恥知らずな人間がはびこっているとは！」

「あの貼り紙をしたのは平山案を支持する者たちでしょう……もしかしたら嶋田少将の差し金かもしれません」

恐る恐る田中が告げた。

「くだらない。事実誤認も甚だしいのに、それが真実のような顔をしてまかり通っている。まったくくだらない！」

櫂は今度は図面を睨みつけると、おもむろに鉛筆を摑《つか》み、すぐさま何かが乗り移ったように一心不乱に線を描き始めた。とにかく一本でも正確な、揺るぎない真実の線を引いてやろうと思った。

それにしても完璧な曲線とは何と嘘のないことか。櫂はいつしか図面に魅せられるように没入していった。

どのぐらい時間がたっただろうか。

ある瞬間突如、櫂は名状し難い違和感に襲われてハッと手を止めた。製図板から数歩後退《あとずさ》りし、改めて全体を見渡してからやはり何かが違うと首を傾げる。

「どうかしましたか？」

「何か……この部分が、美しくない気がするのだ」

図面左下部に書き込まれた数式が、どうも美しくない。

「艦底部が受ける圧縮力、引張力《ひっぱりりょく》、剪断力《せんだんりょく》、ねじれ横強力……」

艦に加わる力の影響を加味し忘れているのだろうか。その数式が歪んでいるような気がするが、どこに歪みがあるのかがはっきりと分からない。

「……はあ」

「いや、製図前に読んだ海洋波のトロコイド曲線の資料がちらついて、どうも釈然としないんだ」

「すみません、私にはその、さっぱり……」

「いや、いいんだ。とにかく、まずはこの平山案の図面を完成させることに専念しよう」

櫂はまた数式と曲線の世界に吸い込まれるように入り込んでいった。

あと四三三二日

この日は翌朝まで仮眠すら取らなかった。鳥の鳴き声が遠くに聞こえる。

櫂は製図板の前で大きく深呼吸し心を静めると、ついに目の前に現れた巨大戦艦の図面に見入った。

「完成……したのですか？」

つっぷして寝ていた田中が顔を上げた。

「ああ、ついに戦艦が姿を現したぞ」

田中も恐る恐る櫂の横に立ち、神々しいまでに整った図面にしばし言葉を失う。

「全長260メートルを超える巨大戦艦だ。これほど恐ろしく大きな戦艦が藤岡案の空母より安くできるとは到底思えない」

「そう思います」

「平山案はただ不当に低く見積もられているだけなのか、それとも建造費を信じられないほど安くできるカラクリがあるのか」

「…………」

「実態を暴くためには、この艦の正確な建造費を摑まなければならない。各装備品や資材の本当の調達価格、それに建造にかかる人件費も要る。それらすべてを網羅した価格表が必要だな」

「ですがそれは……」

「分かっている、軍機だと言うのだろう。しかしどうしても欲しいのだ」

田中は必死に考えている。以前なら二言目には「できない」と突っぱねていただろうが、今や櫂の鬼気迫る姿に心酔し何とか協力しようとしてくれていた。

「……もしかしたら！」

田中の顔がぱっと明るくなった。

「もしかしたら、民間造船会社なら協力してくれるかもしれません。軍艦建造は海軍工廠《こうしょう》のみならず多くの民間会社に支えられています。そういったところなら情報を持っているかもしれません」

「なるほど、可能性はなくはない。ただちに動いてみてくれないか」

「はい！」

すぐさま部屋を飛び出して行った田中の後ろ姿を追いながら、櫂はひとり深い思考の中に沈んでいった。

しかし軍機の壁は想像以上に厚かった。

田中は片っ端から民間造船会社の経営者らに直接当たったが、戦艦建造の価格について問うと、皆判で押したように軍機を盾にして口を噤み、田中はけんもほろろに追い返された。中には戦艦の話を向けただけで怯《おび》えて逃げ去る者もおり、すでに民間造船会社に対して何らかの圧力がかかっていることを窺わせた。

田中の報告を受けて櫂は悩んだ。

どうにかしなければ。

どうしても正確な価格表を見る必要があるのだ。

考え抜いた末、櫂はあることを決断した。

田中の車はお屋敷街の一画の路地にひっそりと停まった。

「頼んだ」

後部座席から声をかけると、田中は黙って頷き外に出て表通りへと向かった。

前方から美貌の女学生が歩いて来る。尾崎鏡子だった。

鏡子が学校から帰る時間帯はだいたい分かっていた。櫂は尾崎家に出入り禁止となっており、電話も取り次いでもらえない。だからこうして下校時を狙って、待ち伏せするしかなかったのだ。

「尾崎鏡子さんですね」

田中が声をかけると鏡子は怯えた顔で、田中を無視して素通りしようとする。

「待ってください。櫂直少佐がお会いになりたいと」

「えっ……！」

鏡子を裏通りに案内すると、少し離れた場所に停めてある黒塗りの車を田中は指差した。

「あちらに……」

鏡子は恐る恐る車に近付き櫂の姿を認めると、やや足早になる。

「先生！」

「鏡子さん、ご無沙汰しています」

櫂もすぐに外に出て鏡子を迎えた。

「その恰好……」

「ああ、この軍服ですか？　僕はもう軍人ですから先生はやめてください」

「私のことを恨んでいるのでしょうね」

鏡子は下を向いて呟いた。

「なぜですか？」

「だって先生はお父様のせいで……」

「いえ、あの騒動の責任はそもそも僕にあります。それ以上に、あれから僕は変わったんです。これまでは数字を机の上で転がすだけでしたが……」

櫂は相変わらず整った鏡子の容姿に見入りながら、はっきりと言う。

「でも今は違う。数学には現実世界を変える力があることを知ったんです。そう思えるようになったのは、あなたがきっかけです。恨んでなどいません」

鏡子は櫂の晴れ晴れとした微笑みにつられて、次第に表情を和らげていく。

二人はしばし見つめ合った。

「鏡子さん、じつは今日はお願いがあって伺ったのです。尾崎造船の下請け会社の方をご存じないですか？　年何度か尾崎家で催されるパーティーで、鏡子さんは父上から色々な方をご紹介されると思いますが、その中には……」

「ええ……」

「心当たりはありますか？」

「可愛がっていただいた方のお顔は何人か思い浮かびます」

「できれば、地方など、東京から離れたところに本社を置く造船会社ですとなお都合がよいのですが」

まだその方が軍部の圧力もかかっていないような気がした。

「ああ、でしたら！」

鏡子は目を輝かせて言う。

「大里清《おおさときよし》さんがいいかもしれません。大阪にある大里造船という会社の社長さんです。関西弁のとても面白いおじ様で、幼い頃からいつもおいしいお菓子を持ってきてくださったり、目をかけていただいている方です」

「今も尾崎造船の下請けを？」

「それが……」

鏡子は美しい眉をひそめた。

「昨年の年末のパーティーで、大里さんは海軍の嶋田少将の怒りを買ってしまったんです」

「何があったんですか」

「なんでも大里さんは嶋田少将に空母の売り込みをしたそうなんです。そしたら急に嶋田少将が怒り出してしまったと。お父様も大里さんには悪いけれど、しばらくは仕事を出せないと言っておりました」

「空母……ですか」

鏡子の口からその言葉を聞くとは思っていなかった。

「大里造船は東京の越中島《えっちゅうじま》に支社があります。大里さんは東京と大阪を行ったり来たりなさっていらっしゃるはずです」

「そうですか。とても助かりました。鏡子さん、今日はどうもありがとう」

櫂は鏡子を見つめて明るく微笑んだ。

「僕はそろそろ行かないといけません。短い時間でしたがお会いできて良かった」

「私も嬉しかったです……」

再び交わした鏡子の視線はどこか熱を帯びており、櫂はかすかに息苦しさを感じた。

やがて櫂の方から目をそらすと、

「ありがとう。きっとまた」

櫂は改めて鏡子に丁寧に頭を下げてから、少し離れたところで二人を見守っていた田中に呼びかけた。

「行こう！」

車が動き出したとき、後方から鏡子は櫂の乗る車に向かって何か言ったようだったが櫂には聞こえなかった。

海軍省に戻ってから大里造船東京支社の状況を田中に探らせた。大里造船は海軍省と直接取り引きはしておらず、これまでもっぱら尾崎造船の下請けとして戦艦製造に関わっていたようだった。大阪では主に商船の建造を手がけている。

社長の大里は宴会場で嶋田少将に怒鳴り散らされたというから、少なくとも今はその二人は近い関係にないだろう。

田中が番号を調べて櫂が電話をかけた。すると幸いにも社長の大里は今日東京支社で仕事をしているという。詳しい事情は会ってお話ししたいと告げると、秘書は大里に確認をとり、櫂との面談を快諾する旨を告げた。

櫂と田中はすぐに越中島に向かうことにした。

「車の用意をしてくれ」

田中が急いで部屋を出て行くと、しばし逡巡していた櫂は小さく頷き、製図板から図面を外すと器用に丸めて筒に入れた。

大里造船東京支社には、船を建造したり修理するため大きな船渠《ドック》があった。いくつも連なる巨大倉庫を通り過ぎると、支社名がかかった事務所が姿を見せた。大きな建物の中は意外なほど静かで、所々部屋の電気が消えているためか薄暗かった。

「なんやねん、あんたら」

櫂と田中が勝手に階段を上がっていこうとすると、後ろから事務員に呼び止められた。

「大里社長とお約束があります」

事務員は不審そうに近寄ってくる。

「今日軍人さんが来るとは聞いておまへんが……」

「おう、ワイはここやで！」

階段の上から丸顔に丸眼鏡の恰幅のよい男が手を挙げた。

社長の大里清だった。

通された社長室は思いのほか簡素で、年季が入った応接ソファに腰を下ろす。

挨拶をして手短に自己紹介を済ませると、燿は今海軍が大変な岐路に立っていることや上層部の危機的状況、それを打ち破るために大里に頼み事があることを誠心誠意述べた。大里は時折頷いて燿の話に真摯《しんし》に耳を傾けながら、眼鏡の奥の細い目で燿の人となりをじっと観察しているように見えた。

「大里社長ならきっとこの話を理解し、協力してくださると教えてくださったのは、尾崎鏡子さんです」

最後に燿がそう言うと、

「あの鏡子お嬢さんが……」

どこか懐かしそうに目を細めた大里は何度か小さく頷いた。

「それで軍艦の各装備品及び資材の正確な調達価格と建造にかかる人件費が知りたいのやな……」

大里の表情が苦しげに歪む。

「…………悪いが、帰ってもらえんか」

「え？」

説得に手応えを感じていた櫂は面食らった。

「すんまへんな。軍関係の物はとうに処分してしまったんで」

ソファからすっと立ち上がると大里は部屋の扉を開けて出て行こうとする。

「情報の出所は必ず秘密にしますので、なんとか！」

田中が食い下がり床に膝を付いて懇願するも、大里は冷たく首を振った。

「やめなはれ。そないなことされてもな、無いものは無いんですがな」

「大里社長！」

櫂は大きな声で呼びかけた。ここで引き止めなければ、すべては無駄になってしまうような気がした。

「社長は昨年末嶋田少将に、これからは戦艦ではなく空母の時代が来ると説き、少将の逆鱗に触れてしまったと伺いました。それがきっかけで尾崎造船も仕事が出せなくなったと」

大里の丸顔が悔しさに歪んだ。

「そうや。その結果がこれや」

染みだらけで汚れた壁を自嘲気味に指差す。

「ワイはいっぺん軍部に楯突いて、嫌っちゅうほど思い知らされたんや。この国の軍部の恐ろしさを」

櫂から目を逸らした大里は何かを振り切るように何度も首を振る。

「大里社長が睨まれたのは、真実を口にしたからです」

「あぁ？」

「この国では真実を前にしても、誰もが真実を知ろうとしない。でも僕は諦めたくないんです。真実の力で、あらぬ方向に向かおうとしているこの国を救いたいんです」

「…………」

大里は何も言わない。

「戦争が起こります」

「なんやて？」

「これからの戦争は、大砲と排水量の大きさのみを誇るだけの大艦巨砲主義では絶対に勝てません。無用の長物《ちょうぶつ》である巨大戦艦に膨大な国費を投じることを許してはいけない。優れた商人であられる社長なら、このまま海軍内に大艦巨砲主義をのさばらせていればどうなるかお分かりですよね」

大里は何か言いかけたが、再び口を閉じた。

「社長！」

「ワイのような一民間人に、そんなこと一切関係あらしまへん」

「そうじゃない。戦いではなく、商いで日本を変え成長させようとしてきた社長になら、必ずお分かりいただけるはずです！」

大里はしばらく目を閉じて肩を静かに上下させ考えているようだった。それからふーっと息を吐ききる。

「少佐はん、分かりました」

丸眼鏡を押し上げると大里は力強く頷いた。

「こちらへ」

櫂と田中はカビ臭いレンガ造りの倉庫に案内された。

「ここは倉庫として借りとって、普段は誰も来まへん」

段ボール箱が山積みになった中は広く、その一角に大きな机があるのに気付いた。櫂は腕で机の上の埃をはらうと、海軍省から持って来た平山案の予想図面を広げた。

「こらまたごっつ大きな……戦艦の艤装図だすな」

大里は眼鏡を押し上げじっと図面を眺めた。

「これは白焼き複写やない。手で描いたもんや。もしかしてこれ……自分で描かはったんですか？」

「そうです」

「信じられへん。なんとまあ……」

そのあまりの精緻さに大里は舌を巻いている。

「経理局の主計少佐はんがこんな図面を描けはるとは」

「この戦艦を建造したら、実際にいくらかかるのか知るために、まずは図面が必要だと思いまして」

大里はうなずいて、もう一度図面を見た。

「しっかり構造計算までやってはる。それにこれはプリズマチック曲線の計算式。

満載喫水線《きっすいせん》下の浮力分布まで求めてるんでっか。これはほんま驚きや！　どちらで造船を学ばれたんでっか」

「私はこの二月まで帝大の数学科にいました」

「冗談やろ。まさか、独学で？」

「片っ端から専門書を読みながら、にわか仕込みで勉強中です」

櫂は真っ直ぐに大里の丸く見開かれた目を見つめる。

「こりゃ驚いた」

大里は眼鏡を上げてもう一度図面を見た。その横顔は長く造船業に関わってきた男の真剣なものだった。

「少佐はんが言いはるように、これはあきまへん。こんなでっかい戦艦、造ってどないしまんねん」

「やはり使えませんか」

櫂が問い直す。

「失礼ですけど、海軍は未だに日露戦争の勝利の余韻に浸ったままや。ワイは先の大戦を経験してましてね」

「世界大戦」

「ええ。そこで死にかけましたんや。渡航先のイギリスの商船に乗っていた時に、ドイツの潜水艦の魚雷攻撃を受けましてな。船にドーンと当たって、浸水して全身ずぶ濡れ。もうダメやと。なんとかボートに助けられて、九死に一生を得たんですわ」

大里は身震いするように言い、目をカッと開いた。

「もう巨大な戦艦が大砲を撃ち合う時代は終わりました。こんな巨大な戦艦は昔の戦争でいう騎馬隊みたいなもんでっせ。伝統の騎馬隊の誇りのために攻め込もうとしている。敵は機関銃を持って待ち受けてるっちゅうのに……」

櫂は大きく頷いた。

「僕はこの巨大戦艦の新造計画を本気で阻止したいのです。どうか手を貸してください。この国に戦争をさせないために」

「戦争の恐ろしさは身にしみていますわ。軍艦やなく商船で世界と肩を並べられれば……」

「社長。早速ですが、戦艦を建造した際の帳簿を見せていただけますか」

大里に促されて倉庫の隅の戸棚を開けると、そこには大量の帳簿がきれいに整頓されて並んでいた。ようやくここまでたどり着いた。櫂は目の前の帳簿を一冊抜き取るとページを開いた。

「ウチが尾崎さんのところでお世話になっていた頃は、駆逐艦や巡洋艦、もちろん戦艦まで様々な軍艦を受注し、造らせてもらっとりました」

大里も目についた台帳を取り出して櫂に手渡しながら言う。

「これは以前海軍省に提出した、駆逐艦『浦賀《うらが》』の作業日報と商品台帳の写しだす」

その台帳には駆逐艦浦賀の図面から、必要部品の詳細や価格、作業工程の一覧表などあらゆるものが揃っていた。

「浦賀は起工から竣工まで六百日の納期でした。材料費もさることながら、人件費をよう見てください」

台帳のページを繰っていくと、そこに記された人件費の総額に目を疑った。

「駆逐艦一隻を造るのに人件費だけでもこれだけかかるのか。大きな戦艦となったら、この何十倍、いや何百倍もかかりますね」

「しかし、いくら少佐はんが天才や言うても、浦賀の建造費をもとに、さっきの新造艦の建造費を割り出すとなると早うても一週間はかかりますな」

「いや。二、三日で終わらせないと間に合いません。田中少尉、私はその間ここに籠もることになるだろうから、連絡を頼む」

「はい、ご心配なく。永野中将にはすでに連絡してあります」

やってやろうじゃないか。

櫂は不敵な笑みを浮かべて戸棚の前に仁王立ちになった。

「大里社長。この新造艦の設計者は平山造船中将です」

「ははあ……そうでっしゃろ。日本で戦艦というたらあの御方やと思いました」

「平山造船中将はこの戦艦を八九〇〇万円で造れると豪語なさっておられる」

大里は数字を聞くや否や吹き出して顔の前で掌を振った。

「アホらし！　そんな安値でできまっかいな」

「この明らかに虚偽とみられる見積もりの不正を暴くのが、僕の使命です。そのために……」

すると大里が一つうなずいて櫂の言葉を引き取った。

「これの建造にホンマのところ、ナンボかかるのか割り出す必要がありまんのやな」

「その通りです。それにしても、無理矢理こんな案を通しても、八九〇〇万では到底建造費が足りず、建造が頓挫してしまうのは目に見えています。どんなカラクリで帳尻を合わせようというのでしょうか」

「そりゃな」大里はすぐにうなずいた。「あの手かもしれまへん。ようやるんですわ、抱き合わせ一本ちゅうてな」

「抱き合わせ？」

「戦艦と一緒に、たとえば巡洋艦を何隻か、法外に高い値段で受注するんですわ。そうすれば戦艦の損ぐらいは簡単に穴埋めできます。一種の裏取り引きですわ。そこで組むことで軍と造船会社の絆《きずな》は深くなる。次の受注にもつながる」

なんとも汚い手口だった。

「鏡子お嬢さんには酷な話やけど、尾崎はんの所はそうやって大きくなった会社だす」

櫂は顔を歪めた。

その時、倉庫の入り口から大里造船の事務員が声をかけた。

「田中少尉という方に電報が届きました！」

「私に？」

事務員が走り寄ると、田中はすぐに差出人を見てつぶやく。

「永野中将からだ！」

電報に視線を落とした田中の顔がみるみる赤く染まり、大きく歪んでいく。怒りの余り机を殴りつけた田中に驚き、

「どうした!?」

櫂は声をかけたが田中は口元をきつく閉じて小刻みに震えている。

「どないしはりました」

大里も怪訝《けげん》そうに田中の顔を覗き込んだ。

「永野中将から、候補最終決定会議の開催日が……」

田中はまた絶句したので、痺れを切らして櫂は電報を奪い取り、それを見て青くなった。

「会議が明日の午前十時からに変更になった……そんな……話が違うじゃない

か！」

「明日の十時て、えらいこっちゃ！　どないしまんねん」

「あと十三時間しかない」

どうすればいいのだ。櫂は腕時計を見て息を飲んだ。

「最終決定会議は来週だったはずです。なぜ急にこんなに繰り上がったんだ。勝手すぎる！」

「敵陣営が我々の動きを察知して不安に感じ、平山案の見積もりを算出する時間を与えまいと前倒しにしたんだろう。つまり敵陣は我々を正しく評価しているというわけだな」

櫂の動きを一番警戒しているのは平山だろう。さすがに平山はいい勘をしている。窮地に追い落とされたはずなのに、櫂はどこか他人事のように冷静に思った。

「山本少将たちは何をしてたのだ」

嶋田は大角大臣を抱き込んで会議の日程を早めさせたに違いない。大臣の決定では永野や山本も従うほかない。

「これを手作業で計算するのは、ちょっとやそっとじゃ到底無理でっせ」

「僕が一切寝ずにやっても三日はかかる量だ……」

それほど大変な計算をやってのけなければならないのだ。だからここは、根本的に攻め手を考え直さなければ、会議までに答えが出せないのは明白だ。

しかし櫂の両目は爛々と輝き強い力が宿っていた。これほどの数学的難題に直面したことはかつてあっただろうか。異常な興奮にも似た状態で、櫂の頭はありとあらゆる可能性をさぐり高速回転した。

天井から数字の雨が降り出した。

しばらく櫂は目を閉じてうっとりしながらその雨に打たれる。次第に動悸が激しくなり、体が疼いて椅子に座っていられなくなると倉庫の中を足早に歩き始めた。ズボンのポケットに突っ込んだ右手で、気持ちを昂らせながら巻き尺を撫で回す。

――数字は嘘をつかない。数字という真実は、絶対に僕を裏切らないんだ。

何かに取り憑かれたように同じ場所を行ったり来たりしていた櫂の足が、ぴたりと止まった。

「あっ！」

帳簿を何冊も床に広げて、櫂はその前に座り込んで手荒くページをめくり始める。そしてまた死んだように固まってしばし思考に耽る。

「待てよ……積算に囚《とら》われてはいけない。違う方法がある……」

そう呟くと大里に向き直る。

「大里さん、過去に建造された軍艦について、その鉄の総量と建造費が網羅された資料はありますか」

「各軍艦の鉄の総量と建造費やね。それやったら、それぞれの台帳の最終ページから抜き出せば分かりますけど……そやけど、そないなこと調べてどうしますんや？」

大里はどこか怯えた顔で答えたが、櫂は猛然と棚から何冊もの台帳を抜き取り、それらを床に並べて最終ページを見比べる。

「模造紙はありますか」

大里が倉庫の隅から大きな模造紙を持ってくると、櫂は模造紙を机に広げて、縦軸と横軸を描き、その中に慎重な手つきでいくつか点を置いていく。すべての点をつなげると、そこには滑らかな波動曲線が現れた。

「やはり！　偏微分方程式のラプラス方程式だ。つまり楕円型偏微分方程式

「……！」

「なんですのん？　説明しとくれやす」

「簡単に言うと、これは軍艦の鉄の量と建造費の関係を表した表です。横軸は建造に使用される鉄の総量。縦軸は鉄1トンあたりの建造費です」

大里と田中は怪訝な顔をしながら、気圧《けお》されたようにうなずいている。

「台帳に記された駆潜艇や潜水艦、駆逐艦に軽巡洋艦、そして藤岡案の空母の鉄の総量と建造費の関係を表にしたものです。それで分かったことがある」

「はあ」

「駆潜艇など小さい軍艦は鉄の総量は少ないですが、複雑な工作が必要なので、建造費がかさむ。それに比べて巡洋艦や空母などの大型艦は鉄の量は多いけれど、工作は楽になり、建造費は抑えられます」

櫂は波動曲線の一番高い部分を指し示した。

「特殊な工作技術を要する1000トン級の潜水艦が、1トンあたりの建造費が最も高いということです。逆に大きな戦艦になると、1トンあたりの建造費は低く抑えられるようになる」

「つまり、鉄の総量から建造費が割り出せるっちゅうことでんな！」

大里の目が明るくなる。

「そうです、この波動曲線を表す微分数式が分かりさえすれば……！　私は式を組み上げますので、二人は実測した長門のデータを元に平山案の各部分の鉄量を予測し、この図面に書き込んでいってください。それを足し上げれば平山案の鉄の総量が分かり、建造費が求められる」

「なるほど！」

「時間がない。軍艦は基本左右対称だ。右舷だけ計算して倍化するんだ」

しばらく倉庫には鉛筆を走らせる音と、台帳をめくる音だけが響いた。

「社長」

少し経ったところで、倉庫の扉がおずおずと開かれた。先ほどの事務員だ。

「尾崎造船のお嬢様がお見えです……」

「ええっ!?」

三人が目を丸くした矢先、事務員を押し退けるようにして頬を上気させた鏡子が入ってきた。もう深夜零時を回っている。

「お電話をしたら、櫂先生たちは倉庫に籠もってお仕事をされているとお聞きしたので、お父様が休んだところを見計らって、夜食を持ってまいりました」

「はあ、そうですか。旦那様に黙って……」

「ごめんなさい。でもどうしても」

赤面した鏡子は櫂をちらりと見ると机の端に風呂敷を広げた。大きなにぎり飯に漬物が添えられ、いかにも美味そうだ。

「鏡子さん、すぐに帰らないでください」

櫂の言葉に鏡子はさらに顔を赤らめる。

「この方は大変優秀で数字にも明るいのです。家庭教師だった私が言うのですから、間違いない。すごい助っ人が来たぞ!」

「これでも商人の娘ですから」

倉庫は一瞬和やかな笑い声に包まれた。

予想通り櫂が鏡子に手順を説明すると、鏡子はすぐに要領を得たようで、田中や大里よりも手際よく図面に鉄の重量を書き込んでいった。櫂と田中はまだほんのり

「鏡子さん!?」

温かい夜食をありがたく頬張りながら、計算に没頭していった。

深夜二時を過ぎた。

「お嬢様、そろそろ円タクをお呼びしますさかい。もう帰られた方がよろしい……」

何度も心配顔の大里が帰宅を促しても鏡子は断った。

「お父様は九時に起床します。それまでにこれを終えます」

鏡子は揺らぎのない表情で頷く。説得をあきらめた大里が渋々手元の作業に戻ったのを見て、鏡子はじっと櫂を見つめた。

「方程式ができた！」

櫂が模造紙から顔を上げて叫んだのは午前四時を回っていた。

「そちらの進み具合はいかがです？」

「まだ三分の一というところです」

田中、大里は一心不乱に平山案の鉄の重量を求め続けている。

「私も加わります」

櫂は鏡子の横にさっと座る。二人は鏡子の部屋で一緒に勉強していた時のように、隣り合ってひたすら計算を続けた。

　午前七時四十五分。

「艦橋部分の計算はこれでよし。艦尾はどうだ」

「はい、終わりました！」

　顔を紅潮させた田中が言うと、櫂はふっと微笑んだ。

「よし、完成だ！」

　ついに平山案の戦艦の部分ごとの鉄の重量計算が終わった。

「あとは、ここの図面に書き込まれた重量をすべて足して方程式に当てはめれば、建造費が出せます」

　櫂は時計を見た。会議まであと二時間十五分だ。

　数学でこの国を救うことができるだろうか。

　そう自分に問いかけてから櫂はふっと息を吐いた。

「大里さん、鋏《はさみ》を貸してください」

　どこからか大里が立派な鉄の鋏を持ってきて櫂に渡すと、櫂は躊躇なく図面を切り分けていった。

「あ……」

「切り分けて各部分ごとに計算する」

大きな図面を埋め尽くした膨大な量の数字を正確に足し上げなければいけないのだ。何としてもやり遂げなければならなかったが、本当にできるのだろうか。ふと疲労から弱気が過《よぎ》るも、時間が許す限り諦めてはいけないと思い直す。

依然として時間との厳しい戦いが続くのだ。

「お嬢様、早《はは》よ早《はは》よ、円タクがもう待ってますんで」

朝になり、さすがに鏡子も家に帰らなければならなくなった。大里が追い立てるようにして鏡子を促す。

鏡子と櫂はきちんと別れの挨拶をすることすらできなかった。

「鏡子さん、ありがとう。後は我々で何とかします」

「信じています。先生ならきっとやり遂げます」

名残《なごり》惜しそうに去って行くその背中に、もう一度ありがとうと声をかけるのが精一杯だった。

時計を見た。もう九時を回っている。

もうすぐ車に乗らなければ会議に間に合わなくなる。しかしまだ足し上げなければならない数字は多く残っていた。

「あとは車中で。田中少尉、車を頼む」

最後の力を振り絞って数字と戦っていた大里が、静かに鉛筆を置く。

「もうそんな時間ですか」

櫂が頷くと、大里はどこか澄み切った顔で櫂に握手を求めた。

大里の部厚い大きな手が、櫂の華奢《きやしや》な手を包む。その手は力強く櫂の気持ちをも揺さぶった。

「頼みます。ワイは少佐はんに賭けましたんや」

「大里さん……！」

「あなたの数学の力でこの国を変えるんです。出来なんだら承知しまへんで！」

そう言うと大里は満面の笑みを浮かべながら、念を込めるように櫂の手を何度も握りしめた。

櫂は向けられた言葉をかみしめるように頷いた。

「ありがとうございました。このご恩は決して忘れません」

車に乗り込んでからも櫂は計算を続けていた。

前方を走る車をうまくかわしながら、二人の乗る車は海軍省に向かった。

新型戦艦建造計画決定会議は十時からだ。

櫂は自分の小部屋に戻る時間も惜しんで、海軍省の入り口の長椅子に座って計算を続けていた。

職員たちが不思議そうな顔をして通りすぎ、中には「好色魔」などと嫌みを吐いていく者もいたが、櫂は全く気にしなかった。目の前の数字をどこまで足し上げられるか。

「会議まであと何分だ」

「十五分しかありません」

田中は狼狽《ろうばい》している。十時までにすべての計算は終わらないことをすでに櫂は覚悟していた。会議に入ってからも計算を続けなければならないということだ。

「そろそろ参りましょう」

田中は櫂を促すようにして会議室に向かった。

櫂は手元の図面から片時も目を離さず、歩きながらも手を動かしていた。

あと四三三一日

海軍省新型戦艦建造計画決定会議がこれからまさに開かれようとしていた。

「いよいよですね」

「ああ。部屋に入ろう」

櫂と田中は小さく頷き合ってから、櫂が扉を開けた。

会議室にはすでに櫂と田中以外の全員が揃っていた。田中の階級では本来参加が叶《かな》わない上級将校の会議だが、今回は櫂の補佐ということで永野中将が特別な許可を取り付けていた。

会議室前方には藤岡案の空母と平山案の戦艦の図面が貼られている。

平山造船中将が威圧的な表情で櫂を見た。その冷ややかな目つきは、どこか櫂を小馬鹿にしているようにも警戒しているようにも見えた。

今から平山案の不正を暴いてやる。櫂は目に力をこめて平山を見返した。平山の目つきはいつも通り温度を感じさせない。

着席すると、山本と永野が焦るような視線を送ってきたが、櫂はそれに応じずに手元に抱えた図面の断片に今一度向き合った。まだ計算が残っているのだ。緊張した面持ちの田中も櫂を追うように再び計算を始めた。

二人の様子を薄笑いを浮かべながら見ていた嶋田少将が平山に尋ねる。

「あいつらは何をしているんだ」

平山は櫂と田中の手元を見たが首を振る。

「分かりません。しかし、この会議、彼らの作業が終わる前に決着を付けた方が良いでしょう」

小声で嶋田に耳打ちしたのが聞こえた。

会議室の大時計が十時を打ったと同時に、大角大臣が席から立ち上がる。

「時間になった。会議を始めよう。今回は計画案の説明補佐役として、平山、藤岡の両名から推薦された士官の同席を認めている。確認してくれ」

平山たちの側の末席には高任中尉の姿があった。

「議論の重複を防ぐために、前回の論点を集中的に協議することを提案します」

田中が焦った顔で永野を見ると、永野は心得たとばかり小さく頷いてみせた。

「いや、性急にことを運ぶ案件ではない。充分に時間をかけて議論すべきだと思うが」

すると大角が永野を見やった。

「しかし、両案ともに優れた計画案であり、甲乙をはっきりとつけることは難しい。ここで結論を出すために、両案の明確な相違点に絞って判断を下したい」

中立公正を装う大角の返答に、山本少将は苦りきった顔をする。

「最大の懸案事項は、建造費の問題でしたな」

「実は、陸軍との予算獲得競争が激しさを増してきてね。高い予算提示は大蔵大臣との折衝で神経を使うのだよ。最終決着は建造費の金額の妥当性、これで決めたいがいかがか？」

「異議なし！」

間髪を入れず嶋田は大声で同調したが、永野がすかさず反論する。

「いや、今一度改めて空母と戦艦、どちらがふさわしいかについて議論すべきではないだろうか？　そもそもの性能に関してもいくつか疑問がある。例えば……」

「だから、両案ともになるほどと思わせる部分があって甲乙つけがたい、と言っているではないか！　だからこそ明らかな相違点を比較検討したいのだ」

苛立った大角が永野に向かって明らかな不快感を示すと、嶋田がにやりとほくそ笑んで追い打ちをかける。

「永野長官。これ以上の議事進行に対する注文は、ただの時間稼ぎと受け取られますよ」

「うむ……」

「では、全員一致ということで」大角は澄ました顔で咳払いをする。「まず藤岡案から、計画書の内容で修正を申請していますが、建造費の金額の訂正ですね？」

藤岡少将は浮かない顔であった。もはや敗者の顔をしていた。

「はい……」

櫂は額の汗を拭いながら、まだ計算し終えていない残りの用紙の枚数を数えた。

一刻も早く計算を終えなければならなかったが、あと九枚もある。藤岡にはたとえ一分でも長く時間を稼いでほしい。

永野が櫂の様子を汲《く》み取り、立ち上がろうとする藤岡に小声で「長くな」と指示を出す。藤岡は青ざめた様子で何も答えずに手元の資料に視線を落とした。

「はい。空母の建造費ですが、前回提示しました九三〇〇〇万円から二〇〇〇万円減額しまして、九一〇〇〇万円に改めさせていただきます」

永野が情けないとばかりに藤岡に憂いの目を向けた。

「削ったのは、たった二〇〇〇万……」

前回の会議のあと永野は藤岡に、平山案と同額の八九〇〇〇万円まで空母の見積もりを下げろと、再三厳命していたのである。しかし藤岡はそれに従うことはなかった。

藤岡は誠実な技術者であり、それゆえ見積もりの誤魔化しを絶対に許せなかった。しかしこの会議はどちらの計画案を採用させるかという、日本海軍の未来を懸けた戦艦派と空母派の戦いでもあるのだ。そこで勝つために、自分が何を用意しなければならないのかを藤岡が理解することはなかった。

もっと場を一変させ、議論をひっくり返すような数字を出さんか！　肝の小さい男め……。身勝手にも永野は内心毒づいたが、藤岡は小さく首を振るだけだ。

「藤岡君、二〇〇万円を減額できた理由を説明した方がいいのでは？」

時間を稼ぐためだろうか、山本が意見を挟んだ。

この言葉に藤岡はようやく顔を上げた。技術的な説明なら正確にできるのだ。

「いらんいらん！　そんなものは必要ない」嶋田が無駄だとばかり手を振る。「たかが二〇〇万ぽっちじゃ話にならん。説明など聞いても仕方ない」

「いいや、二〇〇万円は決して端金《はしたがね》ではないぞ。軽んずるな」

「違う。減額できた理由を聞いておきたいほどの減額ではない、と言っているのだ」

議論の行方を聞きながら櫂は焦りを覚えていた。

あと何枚残っているだろうか。櫂は手元の用紙をまた数えた。

「確かに大きな減額であれば平山案との比較により競うことになるが、議論に大きな影響を与えるほどではありませんな。他に仕様の変更などはありますか？」

大角が藤岡に尋ねた。

「ありません」

すっかり憔悴《しょうすい》しきった藤岡はぼそっと言って俯くしかない。

腕組みをしたまま大きく落胆のため息をついた永野が、田中に問うような視線を送る。

「あとどれくらいでしょうか？」

田中が櫂に耳打ちした。

「あと七枚。一枚一分としてこれをまとめて鉄の総量を算出するまでに、あと十分」

田中は永野に向かって両手をパッと広げ指で十を示した。

「十分も!?」

驚きと絶望が入り交じった表情で永野は山本と目を合わせた。苦しげに眉間に皺を寄せながら、山本は最後の知恵をふり絞るように目を固く閉じる。

その様子を見ていた平山はどことなく事態を察した。先ほどから櫂は紙に書き付けられた数字を必死に計算しているようなのだ。その計算が終わると、何らかの解答を導き出せるというのだろう。

「早急に終えましょう」

平山が嶋田に急《せ》かすように言った。

「しかし！」山本がすかさず声を上げた。「平山案は艦の大きさに比して、見積もりが安すぎると感じる。本当に八九〇〇万円で建造できるというのなら、その根拠を示していただきたい」

「安い見積もりで何が悪いのか全く理解ができませんな。時間稼ぎの言いがかりだ」

「なにを！」

山本と嶋田が口論になりそうなところを大角が割って入る。

「ここは政府から計画案の承認を受けることを最優先に考えたい。つまり少しでも低い金額の案を進めたいのだよ。これが私の偽らざる心境だ」

すでに腹は決まっているかのような言葉に山本は悔しそうに唇を噛んだが、櫂はまだ紙から顔を上げずに計算を続けていた。

早く、早く、早く……!!

胸の鼓動が早まり額から汗が流れ落ちる中、櫂は一縷《いちる》の望みをかけて目の前の数字と全身全霊で格闘を続けた。

「少佐……会議が終わってしまいます」

櫂の手元を見つめながら今にも泣き出しそうな声で田中がこぼす。

分かっている。あともう少しだ。もう少し時間を……！

「永野長官、あなたなら陸軍との予算獲得競争が大変なのはご存じだろう？　ここは私の苦労を察してくれないか」

大角が目を細めてこの辺で理解を示してくれと永野に迫る。

「しかし……」

「この大角の顔を立てると思って了承してくれまいか？」

観念したようなため息を吐くと、永野は苦渋に満ちた顔をあげて大臣を見た。

「大臣がそこまでおっしゃいますか……」

その言葉を聞いて勝利を確信した嶋田は、鼻を膨らませて目を見開き、高任は笑いを嚙み殺すように口元を歪めた。

「決まったな」

眼鏡を押し上げると平山は悠々と満足げに頷いた。

「あ…うっっ！」

山本が咄嗟に何か言おうとするも言葉にならない。

「では、金額の妥当性を鑑《かんが》み、金剛の老朽化に伴う代替艦の建造計画は、平山造船中将発案の……」

「待ってください！」

櫂が右手を上げて叫んだ。手元にはあと三枚の用紙が残っていたが、そっと田中に渡した。

「時間を作るから、君が計算を完成させてくれ」

田中に小声で呟く。

「……はい！」

皆が一斉に櫂を見た。将官級の会議で少佐が勝手に発言し、大臣を遮って会議を妨げるなど許されることではなかった。

「なんだ君は。無礼にもほどがあるぞ。議決を止める権限は君にはない！」

嶋田はいきり立ったが、櫂は首を振る。

「皆さん、できました」

「何を言ってるんだ！」

櫂は席を立つと会議室後方につかつかと歩いて行く。

「お、おい！　勝手に席を離れるんじゃない。誰か止めろ！」

嶋田が叫ぶが、櫂が白墨を掻《か》っ攫《さら》うように摑み、猛烈な勢いで黒板に数式を書き出したので、誰もが半ば呆気にとられてその成り行きを見守る形となった。

「この方程式に」

カッカッカッと白墨の痛快な音を部屋に響かせながら櫂は呟いた。

「方程式？」

すぐに平山が聞き返した。

「この方程式に数字をあてはめれば……」

鬼気迫る表情で黒板を数式で埋めた櫂は、皆の方に向き直ってドンと拳で黒板を叩いた。

「私は平山案の本当の建造費を算出することができます！」

「何だって？　本当のとはどういうことだ！　聞き捨てならんぞ」

嶋田の怒声にも動じず櫂は冷静沈着に答える。

「私はとある資料をもとに、さまざまな軍艦に使われた鉄の総量とその建造費について分析しました。そして気がついたのです、軍艦の鉄の総量と建造費の関係は数式で表せると！」

「数式？」

平山が眉をひそめた。

櫂は大里造船の倉庫で模造紙に描いた波動曲線を黒板に再現した。

「横軸は『軍艦に使われる鉄の総量』で、縦軸は『鉄1トンあたりの建造費』です」

「なに、訳の分からんことを言っとるのだ」

嶋田が唾を飛ばしながら叫んだ。

「ご説明します」櫂は曲線のピーク地点を指差す。「小型の水雷艇や駆潜艇は、建造にあたって使用する鉄の総量は少ない。けれども特殊な性能をもたせる故《ゆえ》、工作が複雑になり、鉄1トンあたりの建造費はかさみます。排水量は小さいですが、総建造費は高くつくということです。調べた中で〝割高〟な船といえるのは、潜水艦や駆逐艦でした」

「もうやめんか！」

かすかに嶋田の声が上ずったのを櫂は聞き逃さなかった。

今や会議室の誰もが、櫂の説明に聞き入っている。これまで誰も解き明かさなかった数学的発見を、細大もらさず聞いて理解しようとでもしているかのように。数学という真実を前に、無能な奴らがひれ伏す光景を想像する——櫂は大きな興奮を覚えた。

「この波動曲線を数式で表すと、こうなるというわけです！」

櫂は大きく目を見開いて、先ほど黒板いっぱいに書き付けた数式を示した。

「……………！」

平山がハッと息を呑んだのが分かった。

「この式さえあれば、艦に使われる鉄の総量を元に、その艦の実際の建造費を算出できるのです。この式に平山案の鉄の総量を代入すれば、本当の建造費が……」

「いい加減な！」

高任が侮蔑を込めた冷笑を浴びせた。

「今なんと？」

櫂は顔色を変えた。いい加減であるはずなどない。

「少佐、苦し紛れの誤魔化しなどやめてもらいたいですな。軍艦の鉄の総量と建造費の関係を表す数式がある？　そんなもの、何隻もの資料がなければ割り出せるはずがありません」

田中が櫂にしか分からないように、片手でそっと二を作る。残り枚数だ。

「高任中尉。私はもちろん複数の軍艦の資料にあたりました。それぞれの数値を調べて、一枚の模造紙に散布図として描き出したのです。各数値の点と点を結ぶとなめらかな波動曲線を描くということに気がつき、それは数式で表せると閃いたのです」

高任は眉をぴくりと上げた。

「おやおや、新米主計少佐どの。本当にお調べになったのですか？　軍艦に使われる鉄の総量などの数値は、軍の最高機密に属する情報です」

高任はねじ伏せるような視線で櫂を睨むが、櫂は微動だにしない。

「聞いたところによると、櫂主計少佐は、その軍機以前に、何の資料の閲覧も求めなかったそうではありませんか」

耀は肩を竦めてみせた。

「閲覧できなくさせたのはそちらでしょう」

「事実無根の言いがかりはやめていただきたい！」

耀と高任はお互いに一歩も譲らなかった。その時、耀は視線の端で田中が左の人差し指を一本立てているのを認めた。残り一枚。

もう少しだ……！　平山案の総重量が足し上がるまで何とか時間を稼がなければならない。

「耀少佐には事実を語ってもらいたい。軍機に触れずに、軍艦の建造に関わる極秘資料をどこから手に入れたというのだ。もし許可なく閲覧すれば軍規違反の重罪だぞ！」

嶋田が体を前に倒しにじり寄って言った。

「それはお答えいたしかねます」

高任は呵々《かか》と笑い吹き出した。

「それはそうでしょう。なぜならその表や数式はでたらめだからです」

「私の式がでたらめだと？」

高任は満面の笑みでうなずいた。

「櫂少佐は、もっともらしい数式を披露し、そこにいい加減な数字を代入して、でたらめな建造費を算出しようとしているのです。よくぞそれが本当の建造費などと言えたものです！　こんな詐欺師の言い分をこれ以上貴重な時間を使って聞く必要はありません」

「詐欺師と言ったか！」

山本がさすがに聞き捨てならないとばかりに怒鳴った。

高任はそれ以上何も言わなかったが、にやりとして嶋田と頷き合っている。

だが櫂はハッとした。一人、血の気が引いたような顔で黒板を見つめている男がいたのだ。

平山忠道造船中将だった。

先ほどから平山は目の前で交わされた議論など全く聞いていない様子で、真剣に黒板の数式に見入っていた。建造費と鉄の総量を表した波動曲線を数式化するという高度な数学的問いを櫂がどう解き明かしたのか、平山は純粋に知ろうとしているようにみえた。造船研究者としての魂が真実を求めずにはいられないかのように。

ふと櫂の心に奇妙な想念が浮かんだ。

平山の目は、幼いころ五目並べで父晃を打ち破ったとき、父が櫂に見せたそれを思い出させた。驚愕と恐れが入り交じった目。一瞬なぜか胸が潰れるような想いに襲われる。

櫂は小さく首を振ってから全員を見渡した。

「では、この式が正しいことを証明できれば信用していただけますか」

嶋田がふっと鼻で笑った。

「ほう、どうやって証明するというのだ」

「なんでも結構です」櫂は静かに言う。「既存の軍艦の総鉄量を教えてください。正しい建造費をこの数式で算出してみせましょう」

山本が怪訝そうに言う。

「大丈夫なのか?」

櫂が自信を持って頷いた時、田中が計算を終えたと強い視線で伝えてきた。

よし、これで……!!

「算出してみせましょうだと? なにを無謀なことを。できなかったではすまんぞ！」

嶋田が顔を真っ赤にしたが、目がどこか不安げに揺れている。

「その時はいかようにも」

「よし高任！　艦政本部から資料を借りてこい。大至急だ！」

高任は一瞬困惑した表情を見せたが、一礼するとすぐさま部屋を出て行った。

「どうせただのハッタリだろう……」

嶋田は平山にすがるように言ったが、平山は黒板を見つめたまま何も言わない。

ふと櫂は再びあの日の出来事に思いを馳せた。

＊＊

櫂は十歳だった。

その日、櫂は父と碁盤をかこんで五目並べに興じていた。

五目並べは盤上に交互に碁石を並べていき、先に自分の石を五つ連続で並べた方が勝つ遊びだ。どれだけ相手の打つ手を読めるかが勝敗を分けるが、すでに櫂は父に立て続けに六度勝利していた。数学的に定石を導きだす方法が分かり、父の手はいくつかの型に分類できることに気付くと、勝利への道筋は自然と浮かび上がってくるのだった。白と黒の碁石を眺めながら首を傾《かし》げる父をよそに、自分の思考が拓《ひら》ける瞬間は必ず訪れた。

その瞬間、体に電気が走るような鋭い快感を覚えるのだ。

何度でも勝って、あの激しい快感に全身を貫かれたかった。

「お父さん、もう一度やりましょう！」

耀が父に七度目の勝負を挑んだ時だった。

「もう終わりだ。お父さんはもうお前と数学で遊ばない」

「え……どうしてですか？」

「何度言ってもお前は態度を直そうとしないからだ」

その時の父の目には、どこか怯えのような色すら浮かんでいた。でもそれがなぜか解せなかった。純粋な勝利の喜びに胸を躍らせているだけなのに、父は怪物を見るような目で息子を見たのだから。

「もうお前と数学で遊ばない」

何か悪いことをしただろうか。幼い頃一緒に電柱の体積を求め、巻き尺をくれた優しい父はどこに行ってしまったのだろう。

櫂は混乱したその晩寝小便をした。

＊＊

会議室の扉が重い音をたてて開き、数冊の台帳を抱えた高任が戻って来た。

手元の図面を見返して計算の確認をしていた田中は顔を上げ、櫂に自信ありげに一つ頷いた。

ここからが本当の勝負だった。

組み上げた数式が正しければ、軍艦の鉄の総量から建造費が求められるのだから。

櫂は興奮と緊張から汗で濡れた掌を強く握りしめた。

高任が台帳の一冊を開いた。素早く後ろのページを繰り資料を読み上げる。

「では水雷艇『千鳥《ちどり》』の建造費を算出してください。鉄の総量は４００トンです」

「はい」

櫂が頷き、すぐさま計算を始めた。一瞬も立ち止まることなく、櫂は何行にも渡る数式を流れるように美しく書き付けていった。

一同が固唾を飲んで見守る中、櫂は鉛筆を置いた。

「出ました。二三八万円です」

高任が台帳に視線を落とすと、その顔がみるみる歪んでいく。

「まさか……」

「すごい！」

一方、歓喜に目を輝かせながら田中が呟くと、驚愕の表情を浮かべた山本はすかさず立ち上がり大声を張り上げた。

「櫂少佐は千鳥の建造費を知らないはずだ。それを一万円の誤差もなく見事に言い当てた！　それはこの方程式が正しい証拠ではないか！」

「ただ一度の偶然かもしれん！」

苦し紛れに嶋田は言うと、高任が持ってきた他の台帳を掴み櫂に突き出した。

「では、これはどうだ？　巡洋艦『最上《もがみ》』８５００トンは」

櫂は落ち着き払って計算を進め、すぐに解を求めた。

「出ました。二四八三万円です。1トンあたり二九二一円」

嶋田が台帳の金額を確かめて声を失った。狼狽して肩を落とし、目を白黒させている。一方、山本の顔にはみるみる喜びが広がっていく。

「二度も的中させたのだから、偶然ではない！　この方程式は実に正しいのだ」

「それで、平山案の建造費は一体いくらになるのだ!?」

永野が腕組みしながら訝《いぶか》しげに問うと、

「見積もりではたしか八九〇〇万円でしたなあ」

山本が目に光を点して答え、櫂にまっすぐ視線を向けた。

いよいよこの時が来た。

数字は嘘をつかない。

櫂は田中に合図し計算が済んだ図面を持ってこさせた。

「どうにか間に合いました……！」

平山案の総重量を数式に代入し、櫂はなめらかに数式を書き連ねていく。風のように鉛筆を走らせる快音だけが会議室に響き、櫂は嬉々として数字を繰り出していった。

「できました」

櫂が計算用紙を持って立ち上がると、一同が息を飲んだ。

「一億七五六四万円！　これが平山案の真実の建造費です」

「はっ……！」

嶋田と高任は動揺を隠せず目を泳がせている。驚いたことに平山は無表情で、先ほどから背筋をのばして前を見据えていた。

「提出した見積もりの倍近い金額ではないか！」

「これは由々しき事態だ。事実よりはるかに低く見積もった建造費を提出するなど決定会議を冒瀆《ぼうとく》する行為です！　断じて容認できません！」

永野が嶋田を激しく睨め付けて怒鳴り、すかさず山本も平山案推進派の面々を見据えた。

「さあ平山造船中将。そちらの見積もりが本来の建造費を大きく下回っている理由を説明してもらおう」

永野が平山に迫るも、背筋をのばしたまま平山は微動だにしないので、嶋田が引き取る。

「建造費については……智恵と工夫で圧縮が可能であると、何度も申し上げているではありませんか」

「見積もりと二倍近い開きがあるんだぞ！　それを圧縮などと、虚偽の言い訳も甚だしいではないか」

「いや、永野中将」嶋田は首を振る。「これは陸軍との予算獲得競争を優位に運ぶための、叩き台としての数字とご理解賜《たまわ》りたい。それに建造が始まり竣工するまで長い年月を要します。その間に資材調達をより安く済ませることはいくらでも期待できる」

「希望的観測で話をするな！」

山本が怒声を上げた。

しかし老獪《ろうかい》な嶋田はなかなか尻尾を摑ませずに空母派の攻めをかわしていた。見積もりが不正であると揺るぎない数学的根拠を示してもなお、負けを認める気配は微塵もなかった。

それならこちらにも用意がある。

櫂はあのことに触れる覚悟を決めた。

「建造費が不当に安いのは、何かカラクリがあるからではないですか？　尾崎造船との間でなんらかの密約を交わしているとか」

「密約だと？」

嶋田は憎々しげに櫂を睨みつけ、怒りのあまり声を震わせた。

「戦艦を安く造らせて、その代わりに駆逐艦を不当に高い値段で発注するというような……」

「何を言っているかあああ！　冗談でしたでは済まされんぞ！」

嶋田はわななき絶叫した。

「いわれのない暴言は上官侮辱罪に値する。軍法会議ものだ！」

「櫂は国家防衛のための重大な会議の場で、戯《ざ》れ言《ごと》を口にするような愚か者ではない！」

山本が援護すると、顔を真っ赤にした嶋田はなおも口を開こうとしたがそれを大角が制す。

「やめたまえ！　みな落ち着かれよ。櫂少佐の発言はこの場では不適切である。よって……」

「いや、大角大臣。密約の疑いは充分にある」

「永野中将！」

永野は嶋田を一瞥して黙らせると続けた。

「この際、疑念のあるものは徹底的に議論するべきである。そもそも平山案の実際の建造費が提出された見積もりより遥かに高額であることが問題なのだ。これに関して平山造船中将から明確な回答もない」

一同の視線が平山に集まった。だがやはり平山は真っ直ぐ前を向いたまま、口を開こうとしない。永野はふっと息を吐いて言う。

「であるなら、裏工作が存在すると疑うのは当然だ。そこを究明したい。そうだろ、櫂少佐？」

「おっしゃる通りです」

大角が渋々黙ったのを見て櫂は言う。

「そこで仮説を立てました」

櫂は別の黒板の方を向き、そこに巨大な戦艦の姿を描いた。

「たとえば新型戦艦を八九〇〇万円で尾崎造船に発注する。実際の建造費に照らせば、これだけですと尾崎造船は九〇〇〇万円近い大赤字を計上することになります。しかしその赤字の穴埋めとして、例えば三隻の駆逐艦を通常の三倍の価格で受注することができたらどうでしょう。これで全体の収支を黒字にすることができる」

「何を言っとるかあ！」

「図星のようだな、嶋田少将」

「永野長官、図星などとんでもない。そもそも駆逐艦の発注を私の一存で勝手にできるわけがない！」

嶋田は歯ぎしりをしながら櫂を指差す。

「これほどの暴言を吐きながら、証拠は何もありません、では済まさぬぞ！」

「しかし、確かに数隻の駆逐艦がすでに尾崎造船に発注されているのも事実ではないですか？」

「私の与り知《あずか》るところではない！」

嶋田は気色ばんで黙りこんだ。

「恐れながら！」

一瞬しんとした会議室の沈黙を破ったのは挙手した高任だった。

「なんだね？」

「櫂少佐はなぜ発注先が尾崎造船であると断定されたのですか。尾崎家と関わりのある者から情報提供がなされたのでは……さて、その方は誰でしょう。ひょっとして怪文書に書かれていたご令嬢なのでは？　あのような騒動になった後、まさかまだ通じ合っているのですか」

「違う。通じてなどいない」

櫂が静かに否定するも、高任は嫌な笑い声をたてた。

「ははは。床の中で女から聞いた話など到底信用できません」

「床の中だと！　下劣なことを言うな！」

「あの怪文書を書いたのは高任中尉じゃないですか」

田中が黙っていられずに叫ぶと、高任が怒りをむき出しにした。

「なんだ貴様！　根拠もない言いがかりをつける気か？」

「女を囲うような上官の部下は、やはり女関係がだらしないということか」

嶋田の嘲りに山本が顔を赤くして怒鳴った。

「何が言いたい！」

「おや、何か後ろ暗いところでもあるのか、山本」

山本が新橋に愛人を囲っているのは一部の海軍上層部の間では知られたことだった。

「それなら申しあげるが、お前も深川にコレがいるというではないか」

山本は嶋田に向かって小指を立てる。

「貴様！」

「ふん。奥方に勘付かれて土下座したとか……」

「土下座などしとらん！」

なんと愚劣な連中だ。

本当にくだらない。

櫂は心底嫌気がさした。

「……違うっっ!!　今は戦艦の話だ！」

あまりの櫂の剣幕に水を打ったように場が静まり返った。

永野が口を開いた。

「議論を戻そう。平山案の見積もりは再度検討を要するということだ」

嶋田はゆっくりと首を横に振る。

「この計画案は断じて虚偽などありません。尾崎造船の話も憶測に過ぎない。そもそも、海軍の建造計画が数式で左右されるなどもってのほか！　そんな数式など茶番だ。認められぬ！」

なぜ真実に耳を傾けようとしない？　一つしかない真実を証明してみせたのに、なぜ議論は決着しないのだ。

数学を冒瀆するのもいい加減にしろ。

「数字は嘘をつかない。数字こそが真の正義！」

一同が驚いて櫂を見る。

櫂は黒板を拳で強く叩き付けると、平山を睨みつけた。

この数式の意味を理解しているだろうに、なぜさっきから何も言わないのだ。これが欺瞞に満ちた計画案であることは、誰よりもあなたが一番よくわかっているはず。さあ正々堂々と認めるのだ……！

「平山造船中将！　あなたは設計段階でこの戦艦が二億円近くかかることがわかっていたはずです。それをあえて虚偽の数字に置き換えた。これは造船技術者として著しく誠実さに欠ける、あるまじき行為ではないですか？　したがって計画案に正当性はありません」

あえて櫂は強い調子で言い、平山の動揺を引き出そうとしていた。だが平山は表情を変えなかった。

「平山中将を侮辱するな！」

高任が番犬のように嚙み付いたが、櫂は沈黙を続ける平山になおも畳み掛ける。

「不正を承知で民間会社と結託し、予算操作を行い、最終的に国庫に莫大な損害を与えようとしている。これは正義を踏みにじる計略。明らかなる背徳行為です！」

すると平山がゆっくりと顔を櫂に向けた。

その表情は微塵も揺らぎがなく、研ぎすまされた刃物に似た光を湛える目に迷いはなかった。

「それがどうした？」

「え…………？」

櫂は虚をつかれて動揺した。

「それがどうしたと言っている」

「…………!!」

山本も言葉が出ずに櫂と平山を交互に見ながら成り行きを見守っている。

「開き直るつもりですか？」

「すべては国を守るためにしたこと。日本を守るためなら一億や二億など、大した金額ではない」

櫂たちばかりか、嶋田や高任、大角までもが、平山の発言の意味が分からず呆気に取られていた。

「一億や二億？　国民が汗水たらして納めた税金です。一銭たりとも粗末に扱うことは許されません」

平山が「いや」と言い小さく首を振る。

「そもそも戦争で国家を失ってしまっては、国民も何もなくなる。藤岡案では国は守れぬと言っているのだ。それよりもなぜ君は虚偽の罪を着せて私を裁こうとするのだ。君に私を裁く権限はない」

「権限はなくとも、真実を明らかにする責務があります！」

数学が示す真実で誤りを正すのが自分の使命であるから。

しかし平山は薄く嘲笑した。

耀の信念を見透かしたように。

「真実……？　そんなものになんの意味がある」

「………‼」

真実に、数学に、意味がないだと――⁉

「まだまだ君は若い、耀少佐。確かに君の数学力には驚くべきところがある。ただな、一面的な正義感だけで大局は語れないのだ。実社会というのは君の想像が及ばないほど複雑だ。けっして曲線や数式で表せるものではない。その複雑怪奇なこの世の中における真実の正義というのは、また別にあるのだ」

平山は静かに立ち上がって一同に視線を向けた。

「確かに私は尾崎造船に協力を仰ぎ、建造費を総合的に捻出することで、見積もりを予想されるより大幅に低く提案することができた」

永野が口を挟む。

「平山造船中将。計画案の不正を認めるということだな？」

平山は小さく首を振って苦渋を湛えた顔を歪めた。

「こうでもしなければ……超巨大戦艦の機密は守れないからです」

「機密？」

永野が問いかけた。

「『大日本帝国海軍が二億円をかけて新型巨大戦艦を造るらしい』、この情報を他の列強が摑んだとしたら、どのような反応を示すでしょうか」

出席者の中に発言する者がいなかったので平山は続ける。

「前代未聞となる巨額の予算ですから、すぐさま我々の動きを分析し、戦艦の規模と性能を予測してくるに違いない。それが世界一の戦艦建造計画だったと知れた時、敵は大いなる脅威と判断し、直ちにそれに対抗できる巨大戦艦を新造してくるでしょう。せっかく英米ら大国に先んじて完成させても、我が国の艦はすぐに凌駕《りょうが》され優位性を失ってしまいます」

ハッとして大角が手を打った。

「そうか！　つまり敵を欺くにはまず味方からというわけか。建造予算は国会の予算審議の場で必ず公開せねばならぬ。それを逆手にとって敵を油断させる……」

「仰せの通りでございます」

「なんという策士！　いや、これは見事な深謀遠慮」

大角が平山に畏怖の目を向けると、平山は恭しくこうべを垂れた。

「…………」

目の前の光景に唖然としながら、櫂はもはや為す術《すべ》もなくうなだれた。自分に課せられた使命は、真実を求めることであったはずだ。しかし歯を食いしばって求めた真の解には価値がないというのか？

これまで受けたことのない衝撃に櫂は頭が真っ白になった。

田中も悔しそうに俯き、山本と永野は茫然自失している。

平山は銀の眼鏡のふちをあげ、勝利を確信した細い目で全員を見渡した。

「このところ世界情勢は一段と不安定となり、他国との緊張は増しています。もし一触即発の事態に至った場合、予期せぬ巨大戦艦が現れれば、相手方は容易に手出しはできません」

今や完全に平山の流れになっていた。大角ほか皆が平山の説明に引き込まれ神妙に頷いている。

普段は物静かで、今日もつい先ほどまでほとんど発言をしなかった平山が、突如火がついたように力強く自説を論じる姿は一種異様な迫力があった。

「敵方の意表をつき、恐怖に陥れ、戦意を奪うには、極秘に建造された巨大戦艦が絶対に必要なのです」

ほとんど感極まった大角が拍手で応えると、嶋田と高任も盛大に手を叩いた。

「全くだ！　そんな先々のことまで考えておったか。国防の観点から言って何と素晴らしい見解だろう。本当に素晴らしい！」

「今回の虚偽の見積もりは、この国を思ってのこととご理解いただきたい……」

平山は深々と頭を下げて静かに着席した。

「分かった。実によく分かったぞ！　戦艦の建造費を公開せねばならぬことを逆手に取るとは……！　では新型戦艦建造計画案は是非、平山造船中将の提出案を採用しようと思う。一同、異存はないな？」

永野も山本も苦々しく眉をしかめたが、何も言うことができない。

その様子に平山が冷笑を浮かべながら再び頭を下げた。

「謹《つつし》んでお受けいたします」

「ところで、この艦は何と言う名だ」

「大角大臣、気が早いですな。まだそれは考えておりません……」

「そうだな！　はは。これは失礼した」

櫂は絶句していた。ただ無念だった。見積もりの不正を暴くことができたというのに、空母派は今こうして敗れようとしていた。数学的真実とは、平山が言うように、現実を語る上では一面的な正義にしか過ぎないのか？　数字は確かに嘘をつかない。しかし日本を変える力はないのか――。

嗚呼《ああ》、大型戦艦が造られてしまう。

櫂は吸い寄せられるように会議室前方に貼られた平山案の図面の前に立った。

今日初めて対面した、平山の手による巨大戦艦の図面。

これから大日本帝国海軍が造り上げる美麗な怪物。

櫂が不眠不休で模造紙に描いた図面と寸分違《たが》わない――いや。

何度もまばたきをする。

艦首を縁取る曲線が……曲線が……。

「………………！」

おかしい。何かが違う。

美しくないのだ。

櫂は図面に顔を近づけしばらく凝視した。

「田中少尉、私が描いた図面を持ってきてくれ。切り分けた物をすべてだ！」

突如叫んだ櫂の目には再び強い光が差していた。

「はい！」

田中が何枚もの用紙の束を櫂に手渡すと、櫂はそれを会議室の大机に広げ、パズルのように並べ替えて素早く図面を復元させた。

「よし元通りだ」

駆けつけて図面を覗き込んだ平山が怒りに顔を歪ませる。

「私の戦艦の断面図と平面図ではないか！　なぜ貴様がこんなものを持っているのだ！」

櫂に詰め寄った平山は首筋に摑み掛からん勢いで激昂したが、櫂は平然と首を振る。

「私が長門の一般艤装図を元に、平山造船中将の計画案を予想するために描き起こしました」

平山が目を見開き息を飲んだのが分かった。

「それは……本当か」

冷静になれば、自分が描いた図面が櫂の手に渡ることなど絶対にあり得ないと、平山自身が一番良く分かっていることだろう。

「全くの素人だった君が、たった数日でこの図面を起こしたというのか?」

平山の目に畏怖の念が宿ったのを見て、櫂はそれを肯定するように誇らしげに頷いた。

そしてにやりとした。

今、目の前の図面を見て気が付いたことがある——。

「何をやっているのだ。もう会議は終わったのだ」

嶋田が櫂と平山の背中に向かって苛立たしげに言ったので、櫂は向き直った。

「まだ終わっていません!」大きな声を張り上げ堂々と宣言した。「平山造船中将の計画案には重大な欠陥があります」

平山がびくりと肩を震わせた。

「何を言いだすのだ！」

「平山中将にお尋ねします。この戦艦の図面を起こすにあたって、どれくらいの海洋波を想定したのでしょうか」

「海洋波だと……？」

櫂はひとつ大きく頷いた。

「波高《はこう》は10メートル程度とお見積もりでしょうか。年に十回程度発生する通常の大きさの台風なら、推定風速は毎秒約40メートルですから、この計画案で問題ない」

櫂は黒板に戦艦を描き、図解しながら続ける。

「しかし発達した低気圧下では波が多方向から押し寄せ重なり合う。その場合、波高は予想を上回る巨大波へと発展する可能性がある」

「それがどうしたというのだ！」

痺れを切らした嶋田が櫂の口を封じようと大声を出した。だがそれを押しとどめたのは平山だった。

「お静かに。少佐、それから？」

「はい。もし台風が風速毎秒50メートル級に発達した場合、複合した波の高さはじつに30メートルに達します！」

10メートルの三倍にもなる波高を想像した一同は黙り込んだ。

「この規模の台風は年に二度は起こりうるのです。この戦艦を飲み込んでしまうほどの大波が発生するということです！」

櫂は黒板の戦艦に重ねて白墨で大波を描いた。

「さらにこれほどの大波が起きた場合、艦に対して大きな剪断力《せんだんりょく》が働きます。けれどもこの計画案は剪断力を過小にみている。想定が甘過ぎる！」

「剪断力とは……？」

永野が問いかけた。

「船体にかかるねじれの力です。波の影響などにより、両舷の浮力に差が生じると艦首と艦尾は逆方向にねじれるのです」

櫂は雑巾《ぞうきん》を絞るように手首をねじってみせた。

「この図面を見ると、中央部分の重要区画が分厚い装甲板で覆われています。しかしその重量配分のしわ寄せで、艦首と艦尾は非装甲となっており、構造も脆弱だ。

つまり……」

櫂は平山にちらりと目をやってから小さく息を吸う。

「巨大波の衝撃を受けると、この脆弱区画と重要区画との接合部が耐えきれずに亀裂が入り浸水するでしょう。そして最悪の場合……沈没します！」

「沈没………!!」

嶋田がその言葉の衝撃に目を白黒させている。

「そんなことが起きたら建軍以来の大惨事になる」

藤岡が震える声を出した。

「いかんせん艦が巨大過ぎるのです。長門級の艦ならこの構造でも問題ないはずですが、今回は別の構造計算が必要だったのではないでしょうか」

また言いがかりか、と高任がつぶやき立ち上がる。

「少佐。30メートルを超える波など本当に年に二度もあるのか」

「本年、二月七日に米海軍給油艦『ラマポ』号が太平洋上で34メートルの大波に遭遇しました」先日造船資料にあたった時に読んだ米軍の報告書の数字をそらんじた。「昨年夏に日本列島に上陸した巨大台風をご記憶でしょう。あの規模の台風ですと海上の波高は30メートルを軽く超えます」

「たとえあったとしても、近隣の港に逃げて避泊すればいいではないか」

あえぐような高任を櫂は即座に否定した。

「楽観的すぎる！　戦争となれば荒天でも出撃しなければならない時が来る。それに敵の支配下にある港には出入りができない」

高任は悔しそうに顔をしかめたが、再び吠え立てる。

「そんな何百回に一回起こるかどうかの波を想定していたのでは軍艦は造れない」

「いや、何百回何千回に一回に備えるのが設計者の責務だ！」

「そんな巨大波に備えた設計をすると、今度は艦が重くなり性能低下を引き起こすではないか」

「違う！　数学を用いればその最適解を求めることができるのです！」

馬鹿どもは何も分かっちゃいない。数字は嘘をつかないのだ。

櫂は高任から平山に目を移した。

「私は30メートルの複合波を想定して図面を描きました。剪断力と重量を鑑《かんが》み、最も高い耐久性と性能を可能にする構造とは。その最適解を求める方程式を、私は数学的に導き出したのです！」

平山は櫂の何枚も並べ合わせた図面に見入った。

確かにそれは一見しただけでは分からない微妙な差異だった。

けれど図面に書き付けられた細かな数式を、平山であれば理解できるはずだ。

台風時の高波という危険を艦全体でいかに吸収するか。その思考が艦尾と艦首の形状に僅かな差異となって表れているのだった。

会議室は水を打ったように静まり返った。

長い沈黙が続き、緊張が増していく。

皆の注目が平山に集まった。

しばらくの間瞑目《めいもく》していた平山が、大きく息を吸い込むと深く長く息を吐いた。

「私の負けを認めよう」

突如平山は会議室に響き渡るはっきりした声でそれだけ言い、大角に向かって深く頭を下げた。

「大角大臣、このたびの私の設計案は取り下げていただきたい」

「はっ……なにもそこまで……いや、でもだな」

大角は慌てて平山を押しとどめようとしたが、平山はゆっくり首を振り、鉄のような意志を湛えた視線で大角を見返した。

「重大な欠陥を見落としたのは設計者として痛恨の極み。悪天で巨大戦艦が沈没する可能性に思い至らなかったことは、極めて恥ずべきことです。何の申し開きもできません。図面上は僅かな差異ではありますが、見落としたものは非常に甚大だ。情けない」

平山は丁寧に腰を折った。

「ここは末期《まつご》を汚さぬことがせめてもの矜持《きょうじ》です」

誰よりも戦艦への情熱を燃やしているからこそ、構造上の欠陥を見落とした己を許せない。それが造船中将としての誇りなのだろう。

「では私はこれにて」

平山はそう言い残すと、周囲に目もくれず静かに退室した。

「引き際は潔く見事……」

山本が呆気にとられながら小声で呟く。

あまりの急展開に嶋田と高任は二の句が継げずにいた。

「やりましたね！」

喜び興奮した田中の声がした。

「平山造船中将が自身の計画案を撤回したのですから、もうその案が浮上することはないでしょう。最適解を求める方程式は少佐の頭の中にあるのですから、勝手に修正されることもありません」

「そうだな……」

山本と永野が固い握手をして勝利を確認し合い、藤岡は顔を赤らめて破顔している。

空母派は土壇場で逆転したのだ。

櫂は山本らの様子を見ながら、改めて勝利を確認する。

やはり数字は嘘をつかなかった。

しかし櫂は喜びを口にせず、虚《うつ》ろな目をして会議室を出るなり大きなため息を吐いた。体が急にぐらりと傾く。長時間にわたる緊張状態から唐突に解放された。それで急激に疲れが押し寄せたのだろうか。

いや、違う。

平山が会議室を出ていく際、櫂に一瞥を送った。

平山はあの目をしていた。子供の頃、櫂が五目並べで父親を六度負かした時、父親が見せたあの目だ。

正々堂々と相手を負かしたはずなのに、気持ちが重かった。あの目で見つめられた瞬間、敵を倒した喜びがかき消されてしまったようだった。海軍省にやってきた日から櫂の中に漲《みなぎ》っていた情熱が雲散霧消していく。

「もう帰ろう」

櫂はぼそりと呟き、再び大きなため息をつく。

宿に戻って一刻も早く眠りたかった。

＊

その夜、山本と永野は車で築地の料亭に向かっていた。ささやかに櫂を労《ねぎら》うつもりだったが、田中に聞けば会議の後すぐに宿に帰ってしまったという。

「今夜ぐらいは好きなだけ酒を飲ませてやろうと思ったのに……堅物《かたぶつ》なんだなあ」

永野が思わず苦笑する。

「まあ疲れているのでしょう。あれだけのことをやってのけたのですから、櫂はやはり数学の天才でしたな。櫂に論破された平山造船中将の青ざめた顔といったら！　いや、櫂はまだ若いのです。人格は後から付いてくるものですから」

上機嫌で話す山本はいつになく弁舌も滑らかだ。

「これで航空主兵は大きな一歩を踏み出しました。やはり私が見据えておった航空戦の時代がくるのです。すぐに新しい大型空母が必要だ！」山本はパンと手を叩き眉を上げた。「一隻は同時に着手したいものです。いかがですかな？　アメリカとの緊張が高まっている今、早急に空母の建造を始めねば！」

山本がこれほど興奮を隠さないのも珍しかった。

「おや、君は非戦派じゃなかったのか？」

永野が何を案じているのか定かではなかったが、山本は晴れ晴れとした表情で言った。

「無論、あらゆる手を打って戦争は回避すべきです。しかしこのご時世、やはり有事を想定しておかねばなりません。それが海軍少将としての務めと心得ておりますし、その時こそ練りに練った秘策を繰り出してみせます！」

山本は少し顎を上げて瞼《まぶた》を閉じ、空母から次々と飛び立っていく航空機を夢想する。青い海と青い空の間隙を貫く数えきれないほどの国産航空機――それは巨大戦艦に引けを取らないほど壮観に見えた。

「私に空母十隻、航空機八百機を与えてください。航空機といえば、複葉機に布張りでは時代遅れだ。単葉、全金属、国産！　航空機の性能に合わせ、空母の発着甲板を長く取りましょう。その上で帝国海軍らしい作戦を練ろうではないですか。ご存知のとおり、アメリカの工業力と石油生産力は我が国を圧倒しています。戦いが長引けば不利な戦況になるのは必定。であれば早期に講和を結ばなければならず、つまりは緒戦が肝要ということです！」

雲一つない空の下、いま山本は広大な甲板の上に立っていた。目の前にはたくさんの士官たちが整列し、微動だにせず山本の指令を待っている。大日本帝国海軍の総指揮官として次の戦いに必ずや勝利してみせる、心の中でそう誓った。

「新しい空母を旗艦とした機動部隊を編制するのです。まずは米国太平洋艦隊が西太平洋へ展開する際の拠点となる真珠湾を徹底的に叩き潰す！　これは反撃の余地を与えぬよう奇襲をもって行わなければなりません。さらに同時にフィリピン、マニラに駐在させている米国アジア艦隊も徹底的に叩く。さらにパナマ運河を爆撃し壊滅してやります。さすれば太平洋は我が連合艦隊が制覇し、大量に戦艦を失ったアメリカは意気阻喪、早期講和に応じるでしょう……」

「…………」

「どうしました？」

山本はようやく永野が黙っていることに気がついた。

「いや、なに。やはり君も軍人なのだなと思ってな」

言葉の意味を測りかねて山本は首を傾げた。自分は急進的な開戦派ではない。ただ列強と事を構えることになった時、この国を守るという使命の重大さに身を震わせているだけだ——。

櫂はそのまま休暇をもらうことにした。

霞が関の海軍省に出向いたところでろくな仕事は与えてもらえないのだ。小部屋にこもっていたところで仕方がなく、主計局で本来の業務に携われるとも思えない。

ふと仮にも海軍少佐なのだから、様々な武器や兵器について詳しく知る権利はあるだろうと思った。隅々まで計測して回ってみたい。膨らんだ欲望を胸に山本に頼むと、意外にもすぐに許可が下りた。

潜水艦、駆逐艦、駆潜艇、砲弾、銃器と一人で様々なものを見て回った。

ひとたび計測を終えると、櫂はそこに隠された数式や美しい数字の組み合わせに目を見張り、設計者がそこに込めた意志や想いを夢想しては恍惚とした。兵器の多くは無駄のない曲線に縁取られた美しい佇まいをしていた。

その恍惚感は、幼い頃父と出かけた〝計測の旅〟の記憶を思い出させた。純粋に形あるものの計測に心を躍らせ、浮かび上がる数字に歓喜した日々。隣にはいつも優しい父がいた。父は感心したり時折驚いたりしながら、櫂にいつも微笑みかけてくれた。

なぜか父が恋しかった。櫂は立ち止まって首を傾げた。

中学生の頃、急逝した父を想う。死の間際にあった父に、なぜ自分はあれほど冷たく接してしまったのだろう。急に苦いものが込み上げてきて胸を覆い尽くす。

ああ、疲れているのだ。

櫂は額に手を当てた。あの激闘で疲れきってしまい、まだ普段の調子を取り戻せていないのだろうか。

いや、違う。脳裏に焼き付いた平山の目が即座にそれを否定する。

櫂はまた苦しくなって胸を押さえた。

どうしてだ、どうしてだ……。

苦しみから逃れるために、櫂は興味を覚えた航空機についての知識を怒濤《どとう》の勢いで蓄積していった。国産航空機はいまだに翼が帆布張りの複葉機で、アメリカが手掛ける金属製単葉機と比べて遥かに性能が劣った。航空主兵を唱えるなら、空母よりもまずは航空機の開発を急ぐべきではないだろうか。

アメリカの戦力との間に大きな隔たりがあることを思い知らされ、櫂はいつしか航空機の設計をしたいと思うようになった。

「三菱重工業の堀越《ほりこし》二郎《じろう》か……」

資料を見ながら、櫂は民間の優れた航空機設計者として知られるその人物に会ってみたいと思った。

「国産航空機で改良できる点を挙げてみせよう」

数学を用いればまたきっと解を導き出せる。それをいつか山本に進言してみたいと思った。考えれば考えるほど、国産航空機の設計上の欠陥が見えてくるのだった。

櫂の心身に、再びあの情熱の火がともり始めていた。

未来のこの国のために、自分の力を活かしたい——。

その日海軍省の小部屋で一人計算をしていると、櫂に言伝《ことづ》てがあった。

「『目黒の海軍技術研究所に来られたし』……平山造船中将から……!?」

今更何のつもりだろうと訝しんだが、いやしくも軍の上官からの命令である。無下に断ることはできなかった。

あと四二九八日

海軍技術研究所。

まだまだ肌寒い日だった。冷たい雨が降っていた。

傘の雫《しずく》を切ると、櫂は重い足取りで所長室に向かった。

「何のご用でしょうか」

「よく来てくれた」

僅かに微笑んだ平山は、研究所の裏手に繋《つな》がる倉庫に案内するという。櫂は小さく頷くと黙って平山の後を付いて行った。

しんと静まり返った長い廊下を二人は黙って歩いた。

ぎぃと厳かな音を立てて扉が開いた。増築されたらしいその新しい建物に人気《ひとけ》はなかった。わずかに外光が差す薄暗い室内で、平山がふっと笑みを湛えて櫂を見る。

「さあ、ご覧にいれよう」

すぐさま平山が低い声で言い、一斉に電灯を付けた。

「あ…………！！！」

強烈な照明を浴びて暗闇の中に浮かび上がったのは──巨大な戦艦模型だった。

櫂はすぐさま雷に打たれたような深い感動を覚えた。神々しく輝く艦体は、強い陰影をつくって全身から言い得ぬ迫力を醸し出している。その滑らかで優美な輪郭は、どんな女神よりも繊細で大胆に違いなかった。

触れてみたかった。荘厳な美の化身に、この手で触れてみたい。

いや、駄目だ──。

しかし櫂は模型に吸い寄せられるように近付いていく。

疼くように突き上げる感動と、これを受け入れてはいけないと抗《あらが》う理性がせめぎ合い、櫂を引き裂く。

「うあああああああ──！！！！」

頭を抱えて絶叫した櫂の中で理性が囁いた。

この艦には欠陥があるのだ。ここに完璧な美などない。

平山が、肩を上下させ荒く息をする櫂に向かって言う。

「二十分の一の模型だ。木製だが、着色のおかげでまるで本物のようだ。どうだ、美しいだろう？」

「…………」

櫂は答えなかった。

「この戦艦の建造計画を君は阻止した。だが君は心の奥底でこの艦が完成してほしいと願っている」

平山は目を細め、すべてを見透かしたように櫂を見つめた。

その手には乗るまい。

櫂は顔をしかめて平山を撥ね付けるように腕を横に振った。

「馬鹿なことを。あれだけ努力してあなたの案を潰したのです。大型戦艦は断じて造られるべきではない！」

しかし平山は櫂の言葉などまるで聞いていないかのように迫ってくる。

「櫂君、正直になりたまえ」

「だから、言ってい……」

「君はこの艦を一度生み出したことがある！」

何を――。

鼓動が激しくなり、胸がきつく締め付けられていく。

全身全霊を込めて一気に完成させた図面。あの時、図面の中に櫂は確かに完璧な美を出現させたのだ。

「君はこの艦を君自身の手で生み出してしまったのだよ」

櫂は身体を強張らせたまま平山の言葉を聞いていた。

「それこそが、完璧な艦だ」

平山案の誤りを正すために引いた、完璧な線――。

「だったらそれが完成した姿を見たくないはずがない」

「違う！」

苦しみが増し、身も心も真っ二つに引き裂かれてしまいそうだった。櫂は目を赤く充血させながら平山を睨みつけた。

「違う。やはりこの艦は造ってはいけない」鬼の形相で迫る。「世界最大最強の戦艦を作り上げたという誇りは、必ず日本を戦争へと向かわせます。国民を戦争に駆り立ててはいけない！」

　これが完成してしまったら、誰もが強く誇りに思うことだろう。この艦こそがこの国の壮麗な象徴であり、技術の精華であり、美の真髄であり、文明の極みであると……。

「そんな美しい巨大戦艦は、日本にとって呪いでしかない……だからこの怪物を造り出してはいけないんです！」

　平山ならば分かってくれるのではないか。櫂はその一縷の望みに懸けて、絞り出すようにあえいだ。

　すると平山はそっと模型に手を伸ばし、優しく包み込むようにそれを撫でた。

「この艦を造ろうが造るまいが、この国は必ずや戦争に向かう」

「……そ、それは……」

　もはや櫂は首を強く振ることができず言葉を詰まらせた。

「大陸における関東軍の暴走。満州国の建設。国際連盟からの脱退。世界の中で、日本は孤立の一途を歩んでいる。そして何より追いつめられたときに、誇り高い大日本帝国陸海軍の上層部が、列強との戦いを回避するという選択を果たして取れるだろうか。それはあの会議に出席した君なら分かるはずだ」

平山は静かに続ける。

「事態は、この艦一隻が左右する段階ではすでにないのだよ」

このまま開戦となれば、軍事力で遥かに上回るアメリカに――。

平山が櫂を真っ直ぐ見て頷いた。その先に何が待ち構えているのか分かっているのだ。しかし平山の目には諦念ではなく、受け入れ難い運命に抗おうとする強い覚悟が宿っているように見えた。

「計画案を撤回してから、私自身深く悩み、夜も眠らず考え続けた。この国を取り巻く状況を鑑み、国防をあずかる者としていま本当に為すべき事は何かと」

苦渋に顔を歪めて平山は言う。

「そしてやっと答えを見つけたのだ……櫂君、君ならきっと理解してくれるはずだ――だからこそ、我々はこの戦艦を造らなければならないということを」

「だからこそ、造らなければならない？」

「そう、我々にはこの国の最後の依り代《よしろ》であり希望となる艦が必要だと」

「呪いでなく、希望……？」

もし日本が逃れ難い苦境に陥ったとき、すべてを懸けて造ったこの艦に国民がすがり、誇りと希望をもつことを叶えてやりたいのだと、平山は言った。それとも国民に何も与えずに、ただ非情な戦火に巻き込むだけでいいのか、と問うた。

それは奇妙な慰めであった。世界最大の主砲を載せた最強の巨艦を造ったという誇りをよすがに、このままでは勝ち目のない戦いに突入するというのか。

「君にご足労願ったのは他でもない。例の方程式を教えて欲しい」

平山はもう決断しているのだ。

日本国民の最後の希望を一身に背負う戦艦を造ることを。歴史に名を刻む壮麗な戦艦を確かに造ったという誇りを胸に、我々は残された時間を精一杯戦うのだと。

「ならば君はこの艦が持つ構造上の欠陥を絶対に見過ごせないはずだ。この艦は絶対に沈んではならないのだから。私はこの国に『希望』を生み出せるなら、どんな苦しみでも乗り越えてみせよう……」

平山は澄んだ表情で模型を見上げた。

「そう決心したとき、この艦の名がはっきりと私の胸に浮かんだ」

「…………」

「君に一番に知らせたかったのだよ。この艦の名は――『大和《やまと》』だ」

櫂の胸に重く熱いものがゆっくりと落下していく。

「戦艦、大和……」

「方程式を教えてくれるね」

その囁きに体が勝手に火照《ほて》っていくのが分かる。櫂は狼狽《うろた》えて口を開くこともできなかった。


沈黙が二人を覆いつくし、広い倉庫内はしんと静まり返っている。

ふと外の雨の音が耳に入り、大分雨足が強くなってきたことを知った。

大きく深呼吸するように平山が深く息を吐いた。

「ところで君は何でも計測するくせがあるようだな。子供の頃からそうなのか」

聞かれるままに、櫂は父親との〝計測の旅〟の思い出や巻き尺をもらった時の喜びを素直に口にした。

「そうか、やはりな」

「とにかく惹き付けられたものが、どのような数字で構成されているのか知りたくてたまらなくなるのです」

耀は鏡子の面影を浮かべ心の中で微笑んだが、平山はどこか釈然としない面持ちをしている。

「たしかに美には真実が宿っていると私も思う。ただ君は本当は、美を数値化するだけでは気持ちが収まらないだろう？」

「いえ……」

否定しながらも耀は自身の過去を思い返していた。

父を五目並べで打ち破った時や、鼻持ちならなかった友人を数学でやり込めた時に感じた、あの震えるような歓喜。巨大戦艦建造計画を阻止するための戦いの最中、全身に漲ったたえも言われぬ圧倒的な力。その瞬間にうまれた精力の昂りは、確かに美を前にして純粋にその数値を知りたいと思う気持ちだけでは説明できない気がした。

困惑する耀を見て平山は口元を緩める。

「耀少佐。君の比類ない数学力を武器に、世界を相手に本気で戦ってみる覚悟があるだろうか。例えば国産航空機の設計に尽力してほしいと言ったならば」

瞬間、優れた設計者である堀越二郎を凌《しの》ぐような名飛行機を造ってみたいと強く思う。

しかし――

「君はひとたび敵を作ると、その敵を完膚《かんぷ》なきまでに徹底的に打ち破ることを無上の喜びにしている。その力を戦いの武器に、この国のために使わないか」

そう平山が櫂の耳元で囁いたとき、櫂は自分の意識が混沌として揺らいでいくのを感じた。名状し難い感情が押し寄せて、胸を詰まらせた。

「私の案を覆したときに見せた、君の目に点った激しい炎。あの炎を見た私は慄然としながらも、同時に狂喜したのだよ」

興奮気味に話す平山をぼんやりと見つめ返しながら、櫂は喘いだ。

「うう……」

「あの会議で私という敵を打ち負かした時にみせた熱狂ぶりに打たれ、負けたにもかかわらず、私は君にかけてみたいと思った」

「あ……」

ふと脳裏に浮かんだのは、あの日の病室だった。

＊＊

燿は十六歳になっていた。

徹夜明けで下宿先から駆けつけた燿が病室に入ると、父親は無惨な姿で寝台の上に横たわっていた。

不審火により自宅が全焼したと知らせを受けたのは明け方だった。深夜に上がった火の手は勢いを増しながら、容赦なく家全体を焼き尽くしたという。その夜二階で眠っていた燿の両親は、一命こそ取り留めたが、大やけどを負って生死の境を彷徨《さまよ》っていた。

病室は暗かったが、燿は思わず目の前の光景に息を飲んだ。木乃伊《ミイラ》のように全身を包帯でまかれた父の様子は、もはや本当に自分の父なのかどうかすら分からなかった。

ずっと長い間、父とはほとんど会話らしい会話をしていなかった。五目並べで父を連続して破った時、自分の喜び方に難癖を付けてきた父に不快感を覚えたのが一つのきっかけだ。父が大人げなく自分を叱ったことが不服でたまらず、父に欺かれたという思いと父を軽蔑する気持ちが同時に芽生えて以来、二人の間の溝は広がっていた。

しかしこうして対面した父は、変わり果てた姿で死の床についている。父を失うというこれまで経験したことのない恐怖に身構えた。

父は一言二言なにか言ってから、包帯を邪魔そうにしながら両目を櫂に向けた。

「直……もう一度お前と〝計測の旅〟に出たかったな」

ついに父は己の死期を悟ったのだろうか、震えた声の奥に芯がある。

「大きくなったお前は、数学遊びで勝つと異常に喜んだな。我が子とは思えない表情をしていた。だからお前と数学で遊ばなくなったのは……お前から取り上げようと思ったからだ」

父親の唇は切れており、喋ると口の周りに巻かれた包帯に赤い色が滲んだ。激痛が走るのか時折体を捻るようにして、父はなんとか最後となる親としての務めを果たそうとしているように見えた。

「何を……取り上げようと」

「武器をだ」

父はそこまで言ってふっと目を閉じた。医師がかけつけると、父は意識を取り戻し、再び目にわずかな光を点したが、父の体から急速に命の火が失われていくのを止める術はどこにもなかった。

突然父が体を痙攣《けいれん》させて血を吐いた。しかし医師がもう話すのをやめるよう穏やかに諭しても、父はわずかな力を振り絞ってそれに抗おうとする。

「……お前が……怪物に……」

包帯の奥で父親の目から涙がこぼれた。だんだんと瞼が下がっていく。再び失神した父は、それから一度も意識を取り戻すことなく数時間後に息を引き取った。

数学を戦いの武器にするな――。

櫂は目を見開いてはっとした。しばらく忘れていた父との最後の会話を、今ならはっきりと思い出すことができる。

あの頃の櫂には理解できなかった父の言葉。それが今、これほどまで自分を言い当てていた言葉だったとは。櫂は愕然として、口を両手で覆った。

父さん……！　僕は怪物になんてなりたくない！

しかし山本に声を掛けられ海軍省に入ってから、あの身体の芯から震えるような快感と歓喜に自分は浸っていたではないか。数学を人との戦いの武器にしたとき、櫂は全身に力が漲るのを感じずにはいられなかった。

いや、戦うのではない。数学で世界を救いたいと思った。希望をつくるのだと思った。しかしそれとて、戦いの中に身を置くことには変わらないのではないか。

「君をもっと熱くさせたい。この国を列強から守るために、君が命を懸けるなら、多くの民《たみ》や軍部が君に従うようになるだろう」

ふいに平山が囁いた。

怪物になれというのか。

数学を戦いの武器にしたとき、おまえは怪物になる――。

父さん、それは本当ですか？

燿は瞼の裏に焼き付いている父の最期の姿に必死に話しかけた。父は頷きこそしなかったが、無言で燿の問いかけを肯定しているように見えた。

燿は計測の旅の途中、電柱の測定をした日のことを思い出す。巻き尺を手に歓喜して振り返ると、そこに温かな父の笑顔があった。

＊＊

次の瞬間、燿は模型には目もくれず決然と倉庫の出口に向かって歩きだした。

「どうしたんだ!?　方程式は……」

慌てた平山が燿の肩を摑んだが、燿はそれを手荒く振り払った。

「無礼な！」

いつもの冷酷な硬い声が燿の背中に突き刺さる。

「戻れ！　これは命令だ！」

燿はそれを無視して倉庫の扉をバタンと後ろ手に閉めた。

海軍省の個室に戻るとすぐさま、退任願いをしたため机の上に置いた。田中には一言挨拶をしておきたかったが、あいにく別の用事があり留守にしていた。素直に櫂を支援してくれた田中には感謝の言葉しかなかった。これからもうまくこの海軍で生き抜いてほしいと思った。

翌日、山本とその周囲は騒然となった。山本はすぐに櫂の行方を追わせたが、櫂の影はもうどこにもなかった。山本はただ茫然としていた。これからの航空機開発に、櫂の頭脳を役立てようと思っていたのだから。

それから何日か経ってから海軍技術研究所所長室に一通の封書が届いた。

「櫂少佐からです……！」

消印は京都だった。

丁寧に折り畳まれた用紙を開いた平山は目を見開いた。

「…………！」

そこには几帳面な筆致で方程式が書かれていた。

「〝激しい嵐の夜に戦艦大和が破断し、多くの兵士たちを乗せたまま海の底に沈んでいく恐ろしい光景を私の頭から追い払うためにお送りします。櫂直〟」

端に描かれた言葉を一人静かに平山は読み上げると、じっとその文面に視線を落とした。

消印を頼りに平山は急いで高任を京都に派遣して消息を探らせた。だが櫂がいたという痕跡はどこにもなかった。

それから六年後
あと二一三〇日

それからというもの櫂の安否は知らされず、次第に山本さえも気にかけることはなくなっていた。

ある日、一人の女医が失踪した。

尾崎鏡子だった。東京女子医学専門学校を卒業し、女医として働いていたのだが、家族に別れも告げず、職場に退職の届けも出さずに行方不明となったのだ。

さらに決して少なくない鏡子の預金がすべて引き出されていることも発覚した。それに鏡子の部屋にはわずかな洋服しか残されていなかった。大方の服や化粧品、アクセサリーの類までなくなっていた。家人に気づかれないように少しずつ持ち出したようだった。

恐らくは計画的な家出だった。

だが父親の尾崎は警察に失踪ではなく、誘拐であると主張した。櫂がさらっていったのだ、と。

だが櫂の消息は依然として知れなかった。警察は訴えに応じて櫂の行方の捜査を始めた。だが戸籍上の住所であるかつての祖父の家はとうに他人の手に渡っていて、櫂は住んでいなかった。

恐らくは偽名を使って戸籍をどこかに作っているのだ、と警察は踏んでいた。

だが手がかりになるものは何一つ出てこなかった。

その情報を耳にした大里は櫂と鏡子が一緒にいることを確信していた。

ついに欧州では荒ぶるナチス・ドイツはポーランドに侵攻し、イギリスとフランスが相次いでドイツに宣戦布告した。さらにはドイツ軍のフランス侵攻は時間の問題であり、両軍の激突は間近に迫っていた。そして日本も次なる世界大戦に巻き込まれるのは必定と思われた。日本海軍では軍艦建造が急ピッチで行われ空母もすでに六隻を保有、すぐに八隻にまで増やされる予定だった。全金属製で単葉の国産艦上航空機も山本が所望した八百機を超えて一千機が生産された。さらに後に零戦《ゼロせん》と呼ばれる最新鋭戦闘機のテストも完了し、増産体制が整いつつあった。

この時点で海軍力はアメリカを凌駕していた。

そして、あの平山案の戦艦大和も翌年の進水式を控えて建造中だった。ただ機密保持が徹底しており、造船所の目隠しのために使用された棕櫚《しゅろ》が大量に確保された結果、市場の品不足と値段の高騰を呼び、大騒ぎになったほどだった。

国民が大和の存在を知ることはできなかった。しかし、海軍関係者たちは大和の存在を知悉《ちしつ》しており、その進水を心待ちにしていた。
この年、連合艦隊司令長官となった山本は、連合艦隊の旗艦となる大和に座乗す
る予定だった。
白米禁止令、石油と木炭の配給制などなど、国民は生活の質が大きく低下してい
ることを肌身で感じていたが、それを口にすることもできないような空気が醸成さ
れていた。
もはやアメリカとの戦争は必至の情勢だった。

大里造船には、恐ろしいほどの輸送船の注文が入り、寝る間もないほどの忙しさ
だった。しかもいずれの輸送船も後に空母に造り替えることを要求されていた。だ
から、スピードや軽さよりも、装甲の厚さを求められた。

耀と鏡子の行き先を考えた時に大里が思ったのは海外だった。今ならまだ船と鉄
道を乗り継げば、ヨーロッパに逃げられた。莫大な金額がかかるが、鏡子の名義で

高額な預金があった。それは税金対策のためだ、と尾崎から大里は聞かされていた。

中立国のスイス……。だがドイツに近すぎる。カトリック教会の総本山であるヴァチカン市国が侵攻はされにくい。

ワイならそこを目指す。

金があり、鏡子には医師の資格もある。さらに櫂の並外れた数学の能力があれば……。

大里は櫂の澄んだ瞳を思い出していた。

その瞳は今、なにを見つめているのか……。

何をしてんのや、櫂少佐。戦争を止めると言ってはったやないか。

一体、あなたに何がありましたんや？

櫂はん！　どこにいてんのや？

あと二〇二五日
——戦艦大和の沈没まで

櫂直の行方を知る者はなかった。

終

本書は、映画「アルキメデスの大戦」（原作・三田紀房　脚本・山崎貴）を原案として、著者が書き下ろした小説です。

|著者| 佐野 晶　東京都生まれ。大学卒業後、会社勤務を経て、フリーライターとして映画関係の著作に携わる。主なノベライズ作品に、『そして父になる』『海よりもまだ深く』『三度目の殺人』などがある。

|原作| 三田紀房　1958年生まれ、岩手県北上市出身。明治大学政治経済学部卒業。代表作に『ドラゴン桜』『エンゼルバンク』『クロカン』『砂の栄冠』『インベスターZ』など。『ドラゴン桜』で2005年第29回講談社漫画賞、平成17年度文化庁メディア芸術祭マンガ部門優秀賞を受賞し、『砂の栄冠』は平成27年度の同祭で審査委員会推薦作品に選出された。現在、本作を「ヤングマガジン」にて連載中。

小説《しょうせつ》　アルキメデスの大戦《たいせん》

佐野《さの》 晶《あきら》 | 原作　三田紀房《みたのりふさ》

2019年6月13日第1刷発行
2019年8月2日第3刷発行

講談社文庫
定価はカバーに
表示してあります

発行者――渡瀬昌彦
発行所――株式会社　講談社
東京都文京区音羽2-12-21　〒112-8001
電話　出版 (03) 5395-3510
　　　販売 (03) 5395-5817
　　　業務 (03) 5395-3615

Printed in Japan

デザイン―菊地信義
本文データ制作―講談社デジタル製作
印刷―――大日本印刷株式会社
製本―――株式会社国宝社

ISBN978-4-06-516461-7

講談社文庫刊行の辞

二十一世紀の到来を目睫に望みながら、われわれはいま、人類史上かつて例を見ない巨大な転換期をむかえようとしている。

世界も、日本も、激動の予兆に対する期待とおののきを内に蔵して、未知の時代に歩み入ろうとしている。このときにあたり、創業の人野間清治の「ナショナル・エデュケイター」への志を現代に甦らせようと意図して、われわれはここに古今の文芸作品はいうまでもなく、ひろく人文・社会・自然の諸科学から東西の名著を網羅する、新しい綜合文庫の発刊を決意した。

激動の転換期はまた断絶の時代である。われわれは戦後二十五年間の出版文化のありかたへの深い反省をこめて、この断絶の時代にあえて人間的な持続を求めようとする。いたずらに浮薄な商業主義のあだ花を追い求めることなく、長期にわたって良書に生命をあたえようとつとめるところにしか、今後の出版文化の真の繁栄はあり得ないと信じるからである。

同時にわれわれはこの綜合文庫の刊行を通じて、人文・社会・自然の諸科学が、結局人間の学にほかならないことを立証しようと願っている。かつて知識とは、「汝自身を知る」ことにつきていた。現代社会の瑣末な情報の氾濫のなかから、力強い知識の源泉を掘り起し、技術文明のただなかに、生きた人間の姿を復活させること。それこそわれわれの切なる希求である。

われわれは権威に盲従せず、俗流に媚びることなく、渾然一体となって日本の「草の根」をかたちづくる若く新しい世代の人々に、心をこめてこの新しい綜合文庫をおくり届けたい。それは知識の泉であるとともに感受性のふるさとであり、もっとも有機的に組織され、社会に開かれた万人のための大学をめざしている。大方の支援と協力を衷心より切望してやまない。

一九七一年七月

野間省一

島田荘司　アトポス
島田荘司　異邦の騎士〈改訂完全版〉
島田荘司　御手洗潔のメロディ
島田荘司　Pの密室
島田荘司　ネジ式ザゼツキー
島田荘司　都市のトパーズ2007
島田荘司　21世紀本格宣言
島田荘司　帝都衛星軌道
島田荘司　UFO大通り
島田荘司　リベルタスの寓話
島田荘司　透明人間の納屋
島田荘司　占星術殺人事件〈改訂完全版〉
島田荘司　斜め屋敷の犯罪〈改訂完全版〉
島田荘司　星籠《せいろ》の海(上)(下)
島田荘司　屋上
島田荘司　名探偵傑作短篇集 御手洗潔篇
清水義範　蕎麦《そば》ときしめん
清水義範　国語入試問題必勝法
清水義範　愛と日本語の惑乱
清水義範 西原理恵子・え　独断流「読書」必勝法
椎名誠　にっぽん・海風魚旅〈怪し火さすらい編〉
椎名誠　〈にっぽん・海風魚旅3〉小魚びゅんびゅん荒波編
椎名誠　〈にっぽん・海風魚旅4〉大漁旗ぶるぶる乱風編
椎名誠　〈にっぽん・海風魚旅5〉南シナ海ドラゴン編
椎名誠　もう少しむこうの空の下へ
椎名誠　モヤシ
椎名誠　アメンボ号の冒険
椎名誠　風のまつり
椎名誠　ニッポンありゃまあお祭り紀行〈春夏編〉
椎名誠　ニッポンありゃまあお祭り紀行〈秋冬編〉
椎名誠　新宿遊牧民
椎名誠　ナマコ
椎名誠　埠頭三角暗闇市場
うえやまとち 漫画 東海林さだお 編　東海林さだお選「クッキングパパ」のこれが食べたい！
島田雅彦　悪貨
島田雅彦　虚人の星
真保裕一　連鎖
真保裕一　取引
真保裕一　震源
真保裕一　盗聴
真保裕一　朽ちた樹々の枝の下で
真保裕一　奪取(上)(下)
真保裕一　防壁
真保裕一　密告
真保裕一　黄金の島(上)(下)
真保裕一　発火点
真保裕一　夢の工房
真保裕一　灰色の北壁
真保裕一　覇王の番人(上)(下)
真保裕一　デパートへ行こう！
真保裕一　アマルフィ〈外交官シリーズ〉
真保裕一　ダイスをころがせ！(上)(下)
真保裕一　天魔ゆく空(上)(下)
真保裕一　ローカル線で行こう！
真保裕一　遊園地に行こう！
篠田節子　弥勒
篠田節子　転生

講談社文庫　目録

篠田真由美　未明の家〈建築探偵桜井京介の事件簿〉
篠田真由美　玄《くろ》い女神〈建築探偵桜井京介の事件簿〉
篠田真由美　翡《ひ》翠《すい》の城〈建築探偵桜井京介の事件簿〉
篠田真由美　灰色の砦〈建築探偵桜井京介の事件簿〉
篠田真由美　原罪の庭〈建築探偵桜井京介の事件簿〉
篠田真由美　美貌の帳《とばり》〈建築探偵桜井京介の事件簿〉
篠田真由美　桜闇〈建築探偵桜井京介の事件簿〉
篠田真由美　仮面の島〈建築探偵桜井京介の事件簿〉
篠田真由美　センティメンタル・ブルー〈蒼の四つの冒険〉
篠田真由美　月蝕の窓〈建築探偵桜井京介の事件簿〉
篠田真由美　失楽の街〈建築探偵桜井京介の事件簿〉
篠田真由美　胡蝶の鏡〈建築探偵桜井京介の事件簿〉
篠田真由美　聖女の塔〈建築探偵桜井京介の事件簿〉
篠田真由美　一角獣《ユニコーン》の繭《まゆ》〈建築探偵桜井京介の事件簿〉
篠田真由美　黒《か》影《げ》の館〈建築探偵桜井京介の事件簿〉
篠田真由美　燔《はん》祭《さい》の丘〈建築探偵桜井京介の事件簿〉
篠田真由美　angels《エンジェルス》―天使たちの長い夜
篠田真由美　Ave《アヴェ》 Maria《マリア》

篠田真由美 加藤俊章 絵　レディMの物語
重松　清　定年ゴジラ
重松　清　半パン・デイズ
重松　清　世紀末の隣人
重松　清　流星ワゴン
重松　清　ニッポンの単身赴任
重松　清　ニッポンの課長
重松　清　愛妻日記
重松　清　オヤジの細道
重松　清　青春夜明け前
重松　清　カシオペアの丘で(上)(下)
重松　清　永遠《とわ》を旅する者〈ロストオデッセイ　千年の夢〉
重松　清　かあちゃん
重松　清　星をつくった男〈阿久悠と、その時代〉
重松　清　十字架
重松　清　あすなろ三三七拍子(上)(下)
重松　清　峠うどん物語(上)(下)
重松　清　希望ヶ丘の人びと(上)(下)
重松　清　赤ヘル1975

重松　清　なぎさの媚薬(上)(下)
重松　清 渡辺　考　最後の言葉〈戦場に遺された二十四万字の届かなかった手紙〉
新堂冬樹　血塗られた神話
新堂冬樹　闇の貴族
柴田よしき　ア・ソング・フォー・ユー
柴田よしき　ドント・ストップ・ザ・ダンス
新野剛志　八月のマルクス
新野剛志　美しい家
新野剛志　明日の色
殊能将之　ハサミ男
殊能将之　鏡の中は日曜日
殊能将之　キマイラの新しい城
殊能将之　子どもの王様
首藤瓜於　脳男
首藤瓜於　指し手の顔〈脳男II〉(上)(下)
首藤瓜於　事故係生稲昇太の多感
首藤瓜於　大幽霊烏賊〈名探偵　面鏡真澄〉(上)(下)
島本理生　シルエット
島本理生　リトル・バイ・リトル

講談社文庫　目録

周木　律　教会堂の殺人〈～Game Theory～〉
周木　律　鏡面堂の殺人〈～Theory of Relativity～〉
周木　律　大聖堂の殺人〈～The Books～〉
下村敦史　闇に香る嘘
下村敦史　生還者
下村敦史　叛《はん》徒《と》
下村敦史　失踪者
九把刀　阿井幸作／泉京鹿 訳　あの頃、君を追いかけた
杉本苑子　孤愁の岸(上)(下)
鈴木光司　神々のプロムナード
鈴木英治　大江戸監察医
杉本章子　お狂言師歌吉うきよ暦
杉本章子　大奥二人道成寺〈お狂言師歌吉うきよ暦〉
杉本章子　精《あき》姫《ひめ》様一条〈お狂言師歌吉うきよ暦〉
杉山文野　ダブルハッピネス
諏訪哲史　アサッテの人
諏訪哲史　ロンバルディア遠景
末浦広海　捜査官
須藤靖貴　抱きしめたい

須藤靖貴　池波正太郎を歩く
須藤靖貴　どまんなか(1)
須藤靖貴　どまんなか(2)
須藤靖貴　どまんなか(3)
須藤靖貴　おれ、力士になる
鈴木仁志　司法占領
菅野雪虫　天山の巫女《みこ》ソニン(1)　黄金の燕
菅野雪虫　天山の巫女《みこ》ソニン(2)　海の孔雀
菅野雪虫　天山の巫女《みこ》ソニン(3)　朱烏《あけがらす》の星
菅野雪虫　天山の巫女《みこ》ソニン(4)　夢の白鷺
菅野雪虫　天山の巫女《みこ》ソニン(5)　大地の翼
鈴木大介　ギャングース・ファイル〈家のない少年たち〉
鈴木みき　日帰り登山のススメ〈あした、山へ行こう！〉
瀬戸内晴美　かの子撩乱
瀬戸内晴美　京まんだら(上)(下)
瀬戸内寂聴　新寂庵説法　愛なくば
瀬戸内寂聴　人が好き［私の履歴書］
瀬戸内寂聴　白道
瀬戸内寂聴　寂聴相談室 人生道しるべ

瀬戸内寂聴　瀬戸内寂聴の源氏物語
瀬戸内寂聴　愛する能力
瀬戸内寂聴　藤壺
瀬戸内寂聴　生きることは愛すること
瀬戸内寂聴　寂聴と読む源氏物語
瀬戸内寂聴　月の輪草子
瀬戸内寂聴　新装版　寂庵説法
瀬戸内寂聴　死に支度
瀬戸内寂聴　新装版　蜜と毒
瀬戸内寂聴　新装版　花《か》怨《えん》
瀬戸内寂聴　新装版　祇園女御《ぎおんにょうご》(上)(下)
瀬戸内寂聴・訳　源氏物語　巻《まき》一《いち》
瀬戸内寂聴・訳　源氏物語　巻《まき》二《に》
瀬戸内寂聴・訳　源氏物語　巻《まき》三《さん》
瀬戸内寂聴・訳　源氏物語　巻《まき》四《し》
瀬戸内寂聴・訳　源氏物語　巻《まき》五《ご》
瀬戸内寂聴・訳　源氏物語　巻《まき》六《ろく》
瀬戸内寂聴・訳　源氏物語　巻《まき》七《しち》
瀬戸内寂聴・訳　源氏物語　巻《まき》八《はち》

瀬戸内寂聴・訳　源氏物語　巻九《まきく》
瀬戸内寂聴・訳　源氏物語　巻十《まきじゅう》
関川夏央　子規、最後の八年
先崎　学　先崎学の実況！　盤外戦
妹尾河童　少年　H　(上)(下)
妹尾河童　河童が覗いたインド
妹尾河童　河童が覗いたヨーロッパ
妹尾河童　河童が覗いたニッポン
妹尾河童・野坂昭如　少年Hと少年A
瀬尾まいこ　幸福な食卓
関原健夫　がん六回　人生全快
瀬川晶司　泣き虫しょったんの奇跡　完全版〈サラリーマンから将棋のプロへ〉
瀬名秀明　月と太陽
仙川　環《たまき》　幸福の劇薬〈医者探偵・宇賀神晃〉
曽野綾子　透明な歳月の光
曽野綾子　新装版　無名碑　(上)(下)
曽野綾子・三浦朱門　夫婦のルール
蘇部健一　六枚のとんかつ
蘇部健一　六とん2

蘇部健一　届かぬ想い
曽根圭介　沈底魚
曽根圭介　本ボシ
曽根圭介　藁《わら》にもすがる獣たち
曽根圭介　TATSUMAKI〈特命捜査対策室7係〉
zopp　ソングス・アンド・リリックス
田辺聖子　川柳でんでん太鼓
田辺聖子　おかあさん疲れたよ(上)(下)
田辺聖子　ひねくれ一茶
田辺聖子　愛の幻滅(上)(下)
田辺聖子　うたかた
田辺聖子　春情蛸の足
田辺聖子　蝶花嬉遊図
田辺聖子　言い寄る
田辺聖子　私的生活
田辺聖子　苺をつぶしながら
田辺聖子　不機嫌な恋人
田辺聖子　女の日時計
谷川俊太郎訳・和田誠絵　マザー・グース全四冊

立花　隆　中核VS革マル(上)(下)
立花　隆　日本共産党の研究　全三冊
立花　隆　青春漂流
立花　隆　生、死、神秘体験
滝口康彦　粟田口の狂女〈レジェンド歴史時代小説〉
高杉　良　労働貴族
高杉　良　広報室沈黙す(上)(下)
高杉　良　会社蘇生
高杉　良　炎の経営者(上)(下)
高杉　良　小説日本興業銀行　全五冊
高杉　良　その人事に異議あり〈女性広報主任のジレンマ〉
高杉　良　社長の器
高杉　良　人事権！
高杉　良　小説　消費者金融〈クレジット社会の罠〉
高杉　良　小説　新巨大証券(上)(下)
高杉　良　局長罷免-小説通産省
高杉　良　首魁《しゅかい》の宴《うたげ》〈政官財腐敗の構図〉
高杉　良　指名解雇
高杉　良　燃ゆるとき

2019年6月15日現在